ハヤカワ文庫 SF

〈SF2201〉

宇宙英雄ローダン・シリーズ〈579〉

災難ナンバー3

H・G・フランシス&マリアンネ・シドウ
増田久美子訳

早川書房

8251

PERRY RHODAN

REBELLEN DER ARMADA

DER SCHIFFBRÜCHIGE

by

H. G. Francis

Marianne Sydow

Translated by

Kumiko Masuda

First published 2018 in Japan by
HAYAKAWA PUBLISHING, INC.
This book is published in Japan by
arrangement with
PABEL-MOEWIG VERLAG KG
through JAPAN UNI AGENCY, INC., TOKYO.

目次

災難ナンバー3

アルマダ反乱軍

H・G・フランシス

登場人物

ペリー・ローダン…………………銀河系船団の最高指揮官
ラス・ツバイ………………………テレポーター
グッキー……………………………ネズミ＝ビーバー
エリック・ウェイデンバーン……スタックの提唱者
シモーヌ・ケイム
ジョト・マナエ　　　　　　　　｝………ウェイデンバーン主義者
アールン・ヴァルデッチ
パルウォンドフ……………………アルマダ工兵（銀色人）
カルワンホフ
クセルゼウン　｝…………………同。アルマダ工廠〝モゴドン〟所属
ドロノモン
ローランドレのナコール…………アルマダ王子

1

アルマダ王子ローランドレのナコールは、戦う仲間のひとりが投げてよこした重いベルトを腰につけた。

ベルトについている極小プロジェクターのスイッチを入れる。直撃されたら耐えられないが、まわりをとりかこむような防御盾として使えるだろう。これまでナコールはこのようなベルトをつけていなかった。エネルギー・プロジェクターの妨害フィールドで転送機が使用不能になるかもしれないからだ。

しかし、携帯転送機をなくしてしまった。アルマダ工廠《こうしょう》〝モゴドン〟内では、これまででもっともきびしい抵抗が予想されるうえ、自分が奇襲できる可能性はもうない。

鳥型種族シコニド人のポレスがよってきた。

「当面、ひと息つけます」鳥生物はいった。防護ヘルメットのヴァイザーを開けている。

「しかし、製造リングに侵入すれば、そうはいかないでしょう」

「つまり、上にあるあのハッチを開けたとたん、ということか」アルマダ王子はうなずいた。「製造リングは戦略的に重要だ。みなの意見は一致している。リングを制圧できたら、アルマダ工廠を手に入れたも同然ということ」

「われわれ、すくなくとも足場はつくりました。しかし、銀色人との本当の戦いがはじまるのはそのあとです」ポレスはつけくわえた。「はげしい戦闘が待っているでしょう」

ナコールがハッチを指さし、全員でそこに向かった。戦闘のあとが歴然としている。ゆっくりひろがっていく煙と、床に燃えあがる炎のなかを、ナコールの反乱軍は進んだ。アルマダ反乱軍はあらゆる種族の代表からなり、さまざまな生物で構成されている。

「もっと先だ」ナコールは命令した。「そのハッチを開けろ」

一体の昆虫生物が、いわれたハッチに蜘蛛のような十二本の脚で急いで近より、スイッチを押す。ハッチがかすかな音とともに開き、ホール内の眺めが見渡せた。数多くの小ぶりな機械のそばに巨大な複数のタンクがそびえている。反乱者たちが前にしているのは、アルマダ工廠の大型化学実験室だった。おもに依存性のある毒、すなわち麻薬や向精神薬がつくられている。銀色人が、無限アルマダのさまざまな種族や搾取する予定の惑星の住民に対して、武器として使うのだ。

生産工程の多くは実験室のさまざまなユニットのなかで進行している。コンピュータ制御され、数体のアルマダ作業工がそれを監視していた。

ケチョは実験室内にはいない。

ホールに足を踏み入れて、ナコールは考えた。銀色人は、ここにだれかが侵入してくるとは、考えてもいなかったのだろう。攻略不能だと思われていた工廠防塁があるからだ。

「これらを破壊するしかない」ナコールは考えを声に出した。「カオスを引き起こすのだ。そうすれば、ケチョやアルマダ作業工は手いっぱいになる。向こうが忙しければ忙しいほど、われわれにとっては都合がいい」

反乱者たちは五つのグループに分かれて、ホールのすべてのセクションを占領するために扇形に散った。

ナコール自身はポレスと百五十名の仲間とともに、巨大な一タンクめざして左に突進した。タンクのラベルから判断すると、中身は酸らしい。

五十メートル先でホールの床がふたつに分かれ、ブラスターで武装した二十体のアルマダ作業工がふいにあらわれた。そのうちの数体は、武器が床の上に出るとすぐに撃てるよう、視覚照準装置のついた触腕アームを高くかかげていた。だから、反乱者たちが気づいたときには、とっくに狙いを定めていたのだ。まさしくエネルギーの洪水が襲いかかり、ローランドレのナコールと反乱軍は後退した。個体バリアを張っていたが、それでも反乱者の数名はやけどを負った。

アルマダ王子はわきに身を投げて、一基の透明な生産装置のうしろにかくれた。装置のなかではさまざまな色の液体が沸騰している。

「ポレス!」アルマダ王子は叫んだ。「敵の動きを封じろ」

鳥生物は数歩はなれた換気装置のうしろにしゃがんでいた。その前の床に金属の箱がひとつある。ポレスはそれを操作して、近よってくるアルマダ作業工に電磁フィールドとエレクトロン・シャワーをお見舞いした。青いエネルギー・フィールドがアルマダ作業工のまわりをはしる。それが命中したロボット数体の磁気バブル・メモリが混乱して、意味のない動きをしはじめた。その動きは、攻撃をまぬがれたり特別なバリアを使ったりしているアルマダ作業工のじゃまになる。

こんどはアルマダ反乱軍が発砲した。どの敵を排除すればいいかすぐにわかったので、数秒でロボットの攻撃を撃退する。ローランドレのナコールは、実験室のなかで意味もなくあちこちカーブを描いて動くアルマダ作業工をそのままにしておいた。おかげで実験室の装置を破壊し、思いがけずこちらの味方をしてくれたからだ。

アルマダ王子は酸の入ったタンクに注意を向けた。

「タンクを破壊し、酸を下に流すことができたら、修復に何週間もかかるような損害を銀色人にあたえられる。上からあふれでたら、われわれ自身がやられるが」

「この床は耐酸性であると考えるべきでしょう」ポレスはいった。「工廠はもちろん、作業妨害や事故を計算にいれて保安対策を講じているはず」

「では、エネルギー・ビームで床を切り開こう」ナコールは答えた。「酸がすばやく流れでるように」

反乱者数名が武器を床に向けて発射した。酸の浸透を防ぐ厚いプラスティック層が燃えて、その下の金属プレートに穴があいた。そこから同じように大きなホールが見える。

「下はまたべつの製造施設です」ポレスは満足げにいった。「気をつけろ、みんな。はじめるぞ」

反乱者たちは安全な距離までさがった。ポレスがブラスターを発射。稲妻のようなビームが床のほぼ二メートル上を飛び、タンクに当たって大きな穴ができた。透明な液体が音をたてて噴きだし、かなりの数のマシンの上に降りかかる。蒸気があがり、細かい酸の霧がたちのぼって、タンクはもう見えない。しかし、ヘルメットの外側マイクロフォンは、タンクから流れでた酸が床の穴に落ちていくかすかな音を伝えた。

「進め」ナコールは命令した。

べつのグループに目をやった。同じような破壊活動をしている。ホールのあちこちで腐食性の酸が沸騰して蒸気を出し、大きな損害をあたえていた。

まだアルマダ作業工からの反撃はない。

作業工の襲撃は重要ではないと、ローランドレのナコールは考えた。工廠のなかにはすくなくとも十万名のケチョがいて、遅かれ早かれこちらを襲ってくるだろう。

「これで、われわれは勝利のためのすべての前提条件を手に入れました」ポレスが満足げにいった。

「まだ決定的ではない」アルマダ王子は警告した。「銀色人の反撃はこれからだ」

*

大きな信号音が鳴り、ペリー・ローダンは《バジス》が目標宙域に数光分まで近づいたことを知った。

不死者は自室キャビンをはなれた。

「いよいよですね」ラス・ツバイが通廊の向こうから近づいてきた。「エリック・ウェイデンバーンがわれわれに教えた座標は正しかったのか、そして、本当にアルマダ工廠を発見できるのか……わくわくします」

「すぐにわかる」ローダンとミュータントの目の前で主司令室のハッチが開いた。

探知スクリーンはあるものをうつしだしていたが、ローダンはひと目で、それがアルマダ工廠にしてはちいさすぎることに気づいた。それに、ホルテヴォンへの進撃のさいにさんざん手こずらされた工廠防塁もない。

エリック・ウェイデンバーンは探知専門家たちのうしろに立っていた。目立たない男だが、支持者たちには非常に大きな影響力を持つ。しかし、自分の申し立てが誤っていたことが気まずいらしい。

「あれはアルマダ工廠ではなさそうです」ウェイデンバーンは、ローダンがやってくるのを見ていった。「それでも、ちょうどわたしがいったそのポジションに、なにかがある。偶然であるはずはありません」

《バジス》は最大価で減速していた。いずれにしても、実感はないが……

「もし、あれがアルマダ工廠ではないとすると、エリック、いったいなんだ？」ラス・ツバイはたずねた。

「こっちが知りたいですよ」ウェイデンバーンはため息をついた。「アルマダ印章船を訪れたときからずっと意識下でうごめいていたことを、突然に思いだして、それをそのとおりいっただけです」

ローダンはうなずいた。

「炎の守護者がきみに、アルマダ工廠モゴドンへ行けと告げたのだったな」

「そのとおりです。炎の守護者はその座標もわたしの意識内に植えつけました。そうでなければ、わたしが知るわけがないでしょう？」

「ただし、あれはアルマダ工廠モゴドンではない」ラス・ツバイが指摘した。

「わからないのはそこです」ウェイデンバーンは答えた。

数分が過ぎた。みな黙って探知スクリーンを見ている。やがて、ウェイデンバーンがはっとして、叫んだ。

「あれは《ゴロ＝オ＝ソク》だ！」

スクリーンに近より、両手でシートの背もたれをつかむ。

「そうとしか考えられません。もしあれが《ゴロ＝オ＝ソク》でなければ、わたしが座標を知っていたことに意味がありません」

「たしかに」ローダンは答えた。「きみの支持者がまだあの機内にいると思うか？」

ウェイデンバーンは考えこみながら、かぶりを振った。

「それはないでしょう。かれらはアルマディストにされたはずですから」

ウェイデンバーンは《ゴロ＝オ＝ソク》での最後の時を恐怖感とともに思いだしていた。支持者の期待に応えられず、反旗を翻《ひるがえ》されたからだ。

熱狂的な支持者だった男女数人にリンチされそうになったのだ。いま《バジス》の主司令室にいるジェルシゲール・アンが救ってくれた。

「調べなければ」ウェイデンバーンはいった。「機内に入って探してみるしかないでしょう。もしかしたら、まだ助けを必要とする者がのこっているかもしれない」

数分間ハミラー・チューブのところに行っていたラス・ツバイが、ローダンのもとにもどってきた。

「探知していたアルマダ筏《いかだ》のコースをもう一度、計算させました。結果はこれまでのとおりでしたが、いくつかわかったことがあります」

「聞かせてくれ」ローダンは要求した。

「そのアルマダ筏はどうやら戦闘宙域を飛んでいたようです。いくつかの強いエネルギー放射を測定しました」

「さらに、それ以前には筏のすぐそばで一隻の宇宙船が爆発している」ローダンは考えこんだ。「妙だな」

「調べるべきでしょう。もしかしたら、そこにアルマダ工廠モゴドンがあって、困難な状況におかれているのかもしれません。われわれにとって戦略的に重要なポイントになる可能性もあります」

「そこへ行こう」ローダンは決心した。「しかし、まずは《ゴロ＝オ＝ソク》をくわしく調べてからだ」

＊

情報媒体制御員のシモーヌ・ケイムは、驚いてあとずさった。ハッチを開けたときだ。

その向こうには、解放しようと思っていた捕虜がいるはずだった。しかし、一体のケチョが突然、跳びかかってくる。ケチョは、上側の可変平面からつくった細い疑似肢四本で、若い女に抱きついた。同時に下側の可変平面からさらに疑似肢をつくりだして、女の足をすくう。

シモーヌはこの攻撃で完全に不意打ちをくらった。床に倒れこんで叫び声をあげることしかできない。すると、すぐに飛んできたもう一体の双子生物に口をふさがれた。

彼女は死にもの狂いで抵抗した。

わたしに起きたことをだれも見ていなかったの？ なぜだれも助けてくれないの？ すぐ近くでほかのウェイデンバーン主義者の声がしたのに。

手足を必死でばたつかせ、自分を窒息死させようとする相手を懸命に引きはがしにかかる。しかし、だめだった。こめかみの血が脈動するのを感じる一方で、胸に鋼の輪がはめられたような感じだ。抵抗をあきらめようとしたとき、近くでなにか音がした。ケチョが甲高《かんだか》い声をあげて口から手をどけたので、シモーヌはふたたび息ができた。

体力を消耗しきって、あおむけに床に横たわる。自分の命を救ったのが都市化員のジョト・マナエだったと理解するまで、しばらくかかった。

感謝の気持ちをおさえきれず、目から涙があふれた。

よりにもよって、ジョトが！

不思議だ。ジョト・マナエにはあまり期待していなかった。そもそも、自分を救ってくれる男がいるとしたら、宇宙信号士のアールン・ヴァルデッチだろう。これまで、ジョトよりもはるかに勇敢だったではないか。

「まだしばらく休養するつもりかい？」ジョトはたずねて、シモーヌの大嫌いな皮肉な笑みを浮かべている。彼女は全身の血が煮えたつようで、からだは弱っていたが、なんとか立ちあがろうとした。

「ここは、どこ？」と、つかえながらいい、壁に両手を当ててからだを支えた。ジョト・マナエが肩に手を置いてきた。シモーヌはそれをあわててはらいのけて、あとずさる。腹がたった。「わたしはふらふらなの。あなたまで支えることはできないわ」

ジョトは笑って、

「だいぶよくなったようだな。これからはもうすこし慎重にやるんだ」

そういうと、立ち去った。

シモーヌはからだの向きを変えて、肩で壁にもたれかかる。ジョト・マナエは数歩はなれた反重力シャフトのなかに姿を消した。

シモーヌはただひとり通廊にとりのこされた。

足もとには死んだケチョ二体の残骸が横たわっている。そのからだはまっぷたつに切断されていた。

シモーヌ・ケイムは身震いした。

ジョト・マナエはいったいどうしたの？　なぜ、わたしをひとりにしておくのかしら？　わたしがケチョにはかなわないことを知っているはずなのに。ふたつの半球が頂点でくっついたように見える双子生物がいつ姿をあらわして、襲いかかってきてもおかしくない。

床の上でなにか光るのものがある。シモーヌは足でそれをわきによせてみた。ステッキ形の銃だった。

かがんでとりあげた。エネルギーが充塡されているかどうかためそうと、スイッチを押す。目もくらむようなビームが銃口からはなたれ、向かいの壁に当たった。

「これですくなくともひとつ武器を手に入れたわ」シモーヌはため息をついて、ステッキ銃をポケットに入れると、ジョト・マナエのあとを追って反重力シャフトに向かった。上からいくつもの声が聞こえる。どうやら、ジョト・マナエとアールン・ヴァルデッチがさらなる捕虜を解放したらしい。

シモーヌはシャフトに入るのをためらった。膝に力が入らず、震える。深刻なけがのために手術をしてから、体力が完全に回復していないのだ。さっきのケチョの攻撃でさらに弱っていた。

《イキューバス》の司令室を見つけて、そこを占拠しなければ。そう自分にいってきかせる。司令室を押さえなければ船を制御できないし、そこからしか、アルマダ工廠が近いかどうか確認できない。

通廊のはずれに一体のケチョがあらわれた。太い疑似肢をつくりあげ、その先には大きな目がひとつあった。敵意をこめて若い女を見つめている。

戦いに巻きこまれるつもりはない。シモーヌは反重力シャフトに跳びこむと、上昇した。しかし、シャフトの出入口から目をはなさない。双子生物が武器を向けてきたら、すぐに撃つためだ。

どこか近くでインターカムのスイッチ音がして、ケチョの声が響いた。

「捕虜たち！」双子生物は叫んだ。「自室キャビンにもどれ。抵抗はやめろ。幸福な未来への道をみずから閉ざすな。われわれは、きみたちが参加する壮大な計画をたてている。軽率な誘惑者のせいですべてをだいなしにしてはならない。一時間ほどしたら、新しい衣服とうまい食事をあたえよう。やっと納入品がとどいて、好きなだけきみたちにあたえられるようになった。だから、宿舎へ行って待っているのだ」

シモーヌ・ケイムは反重力シャフトをはなれて、通廊に出た。そこではほぼ五十人の男女がケチョの言葉に耳をすましていた。

「なにばかなことをやっているの！」シモーヌは叫んだ。「ケチョがなにをしたか、もう忘れたの？　あんなことをいってあなたたちをだまし、また監獄へ送るつもりなのよ」

男数人が、しずかにしてくれといった。ケチョの言葉が聞こえないから、と。

「いいえ、わたしは口をつぐまない」シモーヌは怒った。「かれらはわたしたちにかかわる壮大な計画をたてている。それはそのとおりよ。わたしたち全員を生体粥《がゆ》のなかに溶かしこみ、ひとつの生物にしようとしているの。わたしたちの血液中に極小共生体を注射することで、その前提条件はすでに手にしている。時がきたら従属させるつもりよ。いま抵抗しなかったら、もうチャンスはないわ」

全員の顔が青ざめた。

「そうよ、それが真実なのよ！　あなたたちの血液中にもおぞましい共生体がいる。あなたたちはそれを注射されたの。この共生体は一種の麻薬をつくりだし、それを酸素とともに宿主の脳に送る。すると洗脳がおこなわれ、わたしたちの世界観と意志は完全に変わるのよ。人格がなくなるの。それは、アルマダ工兵の望むとおりに機能するなにかを生みだすためよ」

そこにいた男女はやっと理解しはじめたようだ。膝をついて、両手で顔をおおう者がいる。べつの者は向きを変え、ふらつきながらその場からはなれた。しかし、たいていの者はその場に立ちどまって、宙を見ている。ショックで麻痺状態なのだ。シモーヌは叫んだ。

「ぼんやり突っ立ってないで、みんないっしょに戦ってちょうだい！　逃げるチャンスはまだあるわ。数時間後ではたぶん遅すぎる。ケチョのいうことを聞かないで。アルマダ工兵のたんなる奴隷なのよ」

一ケチョが反重力シャフトで上昇してきた。細い指四本をそれぞれ持つ腕二本がシャフトから飛びでてきて、シモーヌの足をつかもうとした。彼女は驚いてわきに跳びのき、ステッキ銃を双子生物に向ける。ケチョは上の可変平面にふたつの青い目を形成して、シモーヌを悲しそうに見つめた。

「さっさとどこかに行って」彼女はいった。「あなたを殺したくない。でも、いつまでもそこにいるなら、やるしかないわ」

奇妙な生物は黙ってシャフトにもどり、反重力フィールドで上昇していく。

シモーヌ・ケイムはほっと息をついた。ケチョ一体を形成する双子生物をたやすく殺せないことはわかっていた。憎しみをおぼえないからだ。グレイの可変平面を持つふたつの半球から、ネガティヴなオーラは感じない。異質で危険だし、相手を殺すこともあるが、それでもシモーヌは直接つかみかかられても、脅しだと思ってしまう。ケチョがどれほど無慈悲で残酷になるかを知っていても、嫌悪感は湧かなかった。

ジョト・マナエがにやにやしながら、ウェイデンバーン主義者たちのなかにあらわれた。からかうようにシモーヌを見つめて、いった。

「やあ、べっぴんさん。すこしは元気になったようだね。武器も持っている。われわれに力を貸すのに、なにも問題はないな？　アールンが、こちらに飛んでくるアルマダ作業工数体を発見した。武器ならなんでも歓迎だ。それとも、神経が細すぎてロボットは撃てないか？」

「冗談が好きね」シモーヌはきつい口調でいった。「一度、そのばかな冗談で喉を詰まらせればいいのよ」

ジョトは動じずに笑って、急《せ》きたてた。

「さ、行こう。本当に不足しているんだ、手持ちの武器がすくなすぎて」

ジョトはウェイデンバーン主義者たちの前を、シモーヌを押して通廊に向かった。

「すぐこの近くにくる。もし飛翔ロボットがやってきたら、どうすればいいかわからない」

「わたしもわからないわ」

「きみならなにか考えが浮かぶかもしれない」

「浮かばないわよ」

「それなら、われわれはいっしょに死ぬだけだ」

ジョトは冷静でおちついているようにみえる。しかし、それが表向きだけなのを、シモーヌは知っていた。

2

ローランドレのナコールは仲間の反乱者たちに、大型実験室のほかの施設にも攻撃をはじめ、それらを破壊しろと命令を出した。自分はポレスといっしょにホールの出入口まで撤退する。

「このすぐ近くだった」ナコールはいった。「ケチョが転送機を奪い、それを持ってどこかに逃げたのだ。その後、なにかが爆発した」

「転送機でなければいいのですが」鳥生物はいうと、頸を伸ばし、防護服を開いて頭を高くあげた。大きな目でまわりを見まわし、垂れさがる涙嚢《るいのう》を両手でなでて、こう提案した。「すべての領域をしらみつぶしに探しましょう。急がないと、転送機が工廠の奥深くに消えてしまいます」

ローランドレのナコールは急いでホールのなかをのぞいた。味方の銃撃で破裂したいくつかのタンクと、アルマダ作業工と決然と戦っている昆虫生物の一部隊が見える。優勢のようだ。

さらなるアルマダ作業工がつづいて出てくる。

「わたしは主力部隊にとどまる」アルマダ王子は決心した。「きみは転送機を探せ」

「わたしにはその使い方がわかりません」ポレスは訴えて、宇宙服のなかに消えるほど頭を引っこめた。「転送機を見つけても、ここへもどってこられませんよ」

「通信で連絡しろ」ナコールは答えた。「必要なら、いつでもわたしを呼びだせばいい。わたしはここにいる。さ、もう行け」

ポレスは何度かくちばしで宇宙服のファスナーをたたいて大きな音をたて、

「あなたは自分がなにをいっているかわかっていない」と、拒絶した。「転送機はあなたのもっとも貴重な持ち物です。そのおかげで独自に行動でき、どこへでも移動できる。転送機があるから、あなたはどんな敵も凌駕《りょうが》しているのですよ」

「おしゃべりはやめて、いいかげんにいうとおりにしろ」アルマダ王子は命令した。

「では、無理にでも行けというのですか？」ポレスはたずねた。

「そのとおり。きみは主戦場からはなれる。なぜなら、わたしがそれを望むからだ。しかし、心配することはない。きみの使命はほかの者のそれよりも英雄的だ。転送機をとりもどしたら、きみはまさにわれわれの活動の歴史に名をとどめるだろう」

シコニド人の両目が輝いた。

「そのような行為が功績に値《あたい》すると思いますか？」

ひとつ目はほほえんだ。ポレスの名誉欲がどれほど強いか知っている。それでも、忠実な友なのだ。必要とあらば、アルマダ王子のために火のなかにでも跳びこむだろう。転送機をとりもどすためにできることはすべてするはず。ポレスにできなければ、ほかのだれにもできまい。

「きみが歴史書に載るように、わたし自身がはからおう」ナコールが約束すると、友の目が誇らしげに輝いた。「転送機は見つけても見つけられなくても、どちらでもいい」

「転送機なしではもどってきません」シコニド人はきっぱりというと、握手して走り去った。ローランドレのナコールは、その姿がハッチの向こうに消えるまで見送る。突然、ポレスに二度と会えないのではないかという予感がして、呼びもどそうとしたが、遅すぎた。ハッチは鳥生物のうしろで閉まっていた。

ポレスの決意を変えることはできなかっただろうと、アルマダ王子は内心で思った。かれのことは知っている。わたしからの指図を思いとどまるような者ではない。

アルマダ王子はほかの反乱者に加勢しようと、ホールに急いだ。しかし、どうしてもポレスのことが頭に浮かぶ。あのシコニド人はきっと転送機をすぐ見つけて持ってくると、自分にいいきかせたが、過ちをおかしたという感情は消えなかった。

ローランドレのナコールは、モンセロ四名のところに突進した。まばゆく光るエネルギー・フィールドを角《つの》でこじあけているモンセロは、ちいさく華奢《きゃしゃ》な生物で、四本の短い脚で移動する。その白い毛皮はつねに光を浴びる必要があるので、宇宙服は透明だ。不格好な頭の額部分から、長さほぼ一メートルの角が伸びる。その付け根から先はヘルメットから出て、むきだしになっている。これには驚くべき特性があった。モンセロ数名が精神を集中し、その心理パターンにしたがって角をエネルギー壁に押しつけると、構造亀裂をつくることができ、目的地への道が開けるのだ。

この場合もそうだった。モンセロが構造亀裂を安定させると、アルマダ反乱軍はそこを抜けてホールの奥に進攻した。モンセロの力がなければ、道は閉ざされたままだっただろう。

ローランドレのナコールはモンセロたちのわきを通りぬけて、ステルタ七名のグループのところへ行った。ステルタは腕も足もなく、まるみを帯びた胴体と長く伸びた頭を持つ生物だ。自然の大地なら蛇のように進むが、いまは不可視の反重力フィールドの上に浮遊していた。ヘルメット・ヴァイザーを開けて、大きな黄色い目でアルマダ王子を見る。

「これが、われわれの話した溶液です」ステルタが歯擦音《しさつおん》を出した。「溶液が流れるパイプは工廠の司令本部近くまでつづいています。つまり、計画は実現可能です」

「それじゃ、なにを待っているのだ?」ナコールはたずねた。「時間が迫っている。銀色人が反撃してきたら、もう議論している時間はないぞ」

一ステルタが四本の毒牙をむきだし、抗議するような音を出したが、ナコールは無視した。ステルタが信頼できる部下なのはわかっているが、あらゆる論拠に抗議して慎重に議論するのがかれらの礼儀なのだ。

ステルタたちはひとつの水槽に向かって浮遊していった。蓋のない水槽のなかでは黄色い液体が湯気をたてている。かれらは毒牙を水槽の縁に打ちつけて、グリーンの体液を分泌した。それが水槽の液体と混じって青い色になる。ステルタは変色した溶液をポンプでくみあげ、一本のパイプに送った。パイプは壁に沿って数メートルつづいたあと、床に消えている。

ナコールは水槽が空《から》になるまで待ってから、たずねた。

「あとはどうするんだ？」

「時限信管をここから送るのです」一ステルタがいって、こぶし大の物体をポンプのなかに投げ入れた。それはがちゃがちゃと音をたて、パイプを通ってどこかに消えた。

ステルタたちはその場をはなれ、ほかの反乱者に水槽からできるだけ遠ざかるようにいった。それから、一名が時限信管のスイッチを入れる。

次の瞬間、床が大きな爆発でたわんだ。アルマダ工廠がまっぷたつに割れたかと思うほどだ。それにつづく爆発で、あの液体がどのくらい遠くまで流れていったかがわかる。床の一部が陥没して、裂け目から炎が噴きだした。タンクのひとつを掩体《えんたい》にしていたアルマダ作業工の一団が裂け目から墜落すると、もう一度そこで爆発が起こった。

アルマダ王子の、数十万の複眼からできているルビーのように赤い目が光った。

いともかんたんに、製造リングの一部が麻痺するほどのさらなる深刻な打撃をアルマダ工廠にあたえたのだ。すでに工廠の製造過程には大きな影響が出たはず。通常の状態にもどすには、数週間の集中的な復旧作業が必要だろう。

なのに、アルマダ工兵はいまだに反撃してこない！　なにを待っているのだろう？

次の衝撃がアルマダ工廠を揺さぶった。非常にはげしく、ひとつ目は床に転倒するのではないかと思ったほどだ。

驚いてまわりを見まわした。どこにも爆発の形跡はない。

「なにが起きたんでしょう？」ストラーマが叫んだ。長さ一メートルの四本脚でよたよた歩く球形生物だ。

「わからない」ナコールは答えた。

ヘルメット・スピーカーの大きな作動音がして、弱々しい声が聞こえてきた。なにをいっているか、ほとんどわからない。

「攻撃を受けました」だれかが息を切らして話している。「工廠防塁からこちらに撃ってきたのです。敵はヨウゼネを破壊しました」

声がしなくなった。

だ。

ヨウゼネが破壊された?

ローランドレのナコールは聞きまちがえたかと思った。あらゆる方向からのアルマダ工兵の攻撃を想定していたが、自分たちの乗ってきたアルマダ筏がやられるとは考えていなかった。筏に乗っていた反乱者はほんのわずかだし、工廠防塁のひとつがアルマダ工廠の方向に撃ってくるなど、聞いたことがない。これまで、武器はたえず外の宇宙空間へ向けられていた。そこから近づく物体から、アルマダ工廠を守ることが重要だからだ。

しかし、ヨウゼネはアルマダ工廠のすぐ近くで命中ビームを受け、爆発した。そのさい、アルマダ工廠にもかなりの被害があったにちがいない。

だが、きっと銀色人にはどうでもいいことなのだ。ナコールはそう考えた。われわれの退路を断ちたいだけなのだろう。そうすれば、ゆっくりと工廠内でこちらを始末できる。

「われわれにはほかに選択肢はない」アルマダ王子は連絡してきたストラーマにいった。「司令本部の方向へ前進する。アルマダ工廠から銀色人を追いはらうのだ。やつらから権力を奪い、それからあとのことを考える」

「ヨウゼネがここにいる唯一の宇宙船ではありません」ストラーマはいった。「もう一隻います。《イキューバス》です」

「《イキューバス》だって？　どうしてわかったのだ？」

「わたしは五分前にはまだヨウゼネの司令室にいて、アルマダ工廠の反対側にいたその宇宙船を探知しました」

「ならば、それに乗って帰れるかもしれないな」ナコールは小声で笑った。「《イキューバス》がそこにあることがなにを意味するか、わかるか？　銀色人も逃走路を確保しようとしているのだ。つまり、敗北をあらかじめ考慮にいれている」

＊

「意味ないね」ペリー・ローダンから《ゴロ＝オ＝ソク》を徹底的に捜索するようにと命令を受けたとき、グッキーは肩ごしにいった。「だれもいないよ」

「それをたしかめなければならない」ローダンは答えた。「ラスといっしょにあちこち見まわってくれ。ラスが個体走査機を持っていく」

「どうしてもっていうなら」イルトはため息をついた。「その〝さまよえるオランダ人〟をさがすとしよう。でも、きっとむだだね。もうあっちこっち探ったから」

ネズミ＝ビーバーはテレパシーで《ゴロ＝オ＝ソク》を詳細に調べたという。しかし、ローダンはそれで満足しなかった。多くのグーン・ブロックを装備した機内には、生存者をパラプシ的に遮蔽《しゃへい》するパラ・バリケードがあるかもしれない。アルマダ工廠ホルテヴォンでもそうで、ミュータントは超能力を発揮することができなかった。《ゴロ＝オ＝ソク》にも同じようなものがあるとは思わないが、《バジス》の先導する艦船四千隻の部隊が前進する前に、疑いをすべて一掃したかった。なんといっても《ゴロ＝オ＝ソク》にはテラナーがまだ十万人いたのだ。そのなかのたったひとりでも救えれば、やった甲斐《かい》があるというもの。

グッキーは楽をしたかったが、それをローダンは考慮してくれないとわかった。自室キャビンにテレポーテーションすると、宇宙服を身につけてすぐにもどる。

「いつも人を待たせるの、やめてくんない、大男」グッキーはラス・ツバイにいった。

アフロテラナーは笑った。

「個体走査機を探していたんだ」

「そんなもん、いらないよ」グッキーは偉そうにいった。「向こうにだれかいたら、ぼくがキャッチする」

「じゃ、さっさと出発したほうがいいぞ」ラスは助言した。

グッキーはふたたびテレポーテーションした。今回は《ゴロ＝オ＝ソク》のなかだ。ラス・ツバイはそのあとを追った。

「ぼくがいったとおりだろ？」ふたりでだれもいない通廊とシャフトを歩きまわると、イルトは甲高い声でいった。「ここにはだれもいない」

ラス・ツバイはネズミ＝ビーバーのようにそうかんたんに納得しなかった。あくまでも《ゴロ＝オ＝ソク》のなかをあちこちテレポーテーションすることを要求し、結局すべてのシステムのスイッチが切れている司令室から捜索をつづけた。搭載コンピュータをすばやく作動させ、機内のさまざまなエリアを調べる。イルトは自分の超能力に完全にたよっていたが。

「なにもない」とうとう、ラスは認めた。「きみは正しかった。本当にだれもいない。《ゴロ＝オ＝ソク》は幽霊船だ」

グッキーは司令室を横切って浮遊していく。

「もうここから消えるかい？」そういうと、ツバイの答えをまったく待たずに《バジス》にテレポーテーションした。ローダンへの報告は友にまかせて、すぐに自分のキャビンに引っこむ。

「探知したアルマダ筏を追跡しよう」ローダンは決心した。「もし、それがアルマダ工廠への手がかりになるのなら、ふたたび一団となって戦略を試みる。そこでなにがおこなわれているか知るには、いくつか部隊を送りこまなければならない。ミュータントは出動準備をするように」

＊

たのだ。
シモーヌ・ケイムはほっと息をついた。アールン・ヴァルデッチが目の前にあらわれ
「飛翔するアルマダ作業工は危険だ」ヴァルデッチはいった。「どうやっつければいい
のか、まだわからない」
「かれらを阻止するためになにをしたの？」
「開けられないように、いくつかのハッチをふさいだ。ほかにできることはなかった」
「それだけではちょっとね」
「わかっている。しかし、われわれは武器を持っていないんだ。鉄の棒ではエネルギ
ー・ビームに歯がたたない」
「ケチョは銃を持っているわ」シモーヌは武器を見せて、どのようにしてそれを手に入
れたかを説明した。
たなびく髭《ひげ》と肩までとどく赤い髪の小男がひとり、人混みをかきわけて前に出て、大
声でいった。
「どこに武器があるか知っているぞ。いっしょにきてくれ。きみたちに見せよう」
シモーヌは小男に走りよると、その腕をつかんだ。
「本当なの？」
「もちろん」男は驚いて答えた。「嘘をいってもしかたないだろう？」

「注射のせいかもしれない！」ブロンドの髪の一女性が叫んだ。「目をよく見るのよ」

「まったく正常だ」アールン・ヴァルデッチはいった。「さっさとしてくれないか？　武器がどこにあるか教えてくれ」

赤い髪の男は両腕を高くあげて、向きを変え、すぐにそこから立ち去った。シモーヌ・ケイムとアールン・ヴァルデッチはあとを追うのに苦労した。宇宙信号士は、自分たちになにか質問しようとしてきた数名の男をうまくよけきれず、押しのけた。一刻を争う事態だということを、相手は理解していなかったようだ。

赤毛の小男は側廊に曲がると、その向こうのハッチを勢いよく開けた。

「ここだ」大声でいった。

「金属のコンテナがいくつかあるだけだが」ヴァルデッチは冷静に確認した。

「それなら、目を大きく見開け」赤毛はコンテナのひとつを開けた。なかに手を突っこみ、ヴァルデッチに縦長の箱をひとつ投げてよこす。「牽引ビーム銃だぞ！　どうだ？」

「アールン……作業工が！」シモーヌ・ケイムはそう叫ぶと、通廊を浮遊しながら接近してきた球形ロボット二体に向けて銃を発射した。アールン・ヴァルデッチが小型牽引ビーム銃の使用をためらっていると、赤毛が武器をとりあげ、アルマダ作業工に向けてスイッチを入れる。ロボットは浮遊しながら撃ってきた。そのエネルギー・ビームが、数メートル進むといきなり天井のほうに向く。一方、ロボットは見えないなにかによって床に投げだされた。突然に高くなった重力の影響で、さらに床面を突きぬけ、粉々になりながら、ずっと下のほうに姿を消した。

「これで納得したか？」赤毛の男は笑った。「飛翔ロボットを捕まえるたったひとつの方法だ」

アールン・ヴァルデッチは男の肩をたたいて、いった。

「わたしはきっと一瞬、放心状態だったのだ。玉手箱のなかには、ほかになにが入っているのかな？」

「正確には知らない」赤毛は答えた。「ケチョ二体がこのコンテナのことを話しているのを偶然に聞いたんだ。小型戦車、エネルギー・フィールド、重力フィールド、サイコ放射器、分子破壊銃とか、そんな話をしていた。しかし、それらがぜんぶ本当にここにあるかどうかはわからない」

「それじゃ、見てみよう。出だしはまあまあだ」

アールン・ヴァルデッチはコンテナからさまざまなものをとりだして、それらをシモーヌと赤毛に次々とわたしていった。

「どうも奇妙な感じがするの」若い女性はいった。「《イキューバス》はなにかおかしいわ」

「奇妙なのはきみかもしれない」ヴァルデッチは偉そうな口をきいた。大型分子破壊銃を肩にのせ、片目をつぶって照準装置を調べている。「船内では上を下への大騒ぎだ。仲間たちはケチョやアルマダ作業工を船外に次々とほうりだしている。これ以上どうしろっていうんだ？」

「わたしはまったくべつのことを考えているの」シモーヌは壁にもたれかかり、思案するように天井を見あげた。「ケチョや作業工よりもはるかに重要なものが近くにあるような気がする。それがわたしたちを意のままにしている」

「なんてばかなことをいうんだ、シモーヌ」ヴァルデッチはシモーヌに優しく腕をまわした。「われわれは一種の蜂起をした。きみはこれまでだれよりも勇敢だったのに、突然そんなことをいいだすなんて」

「わたしたち、遊ばれているのよ」シモーヌは小声でいいはった。「ほんのすこし好きなようにさせてもらっているだけ。それでこちらはストレス解消ができる。でも、遅かれ早かれ、また服従を強いられるわ」

「きみは疲れているんだ、シモーヌ。あまり寝ていないし、食べてもいない。休養が必要だ。ここで待っていてくれ。武器を置いていくから、見張っているんだよ」

若い女は金属コンテナの上にすわり、うなずいた。

「たぶんあなたのいうとおりね」彼女は答えた。「わたしはとても疲れて、おなかがすいている。食べられるものなら、なんだって食べられそう」

「なにか持ってこよう」ヴァルデッチは約束した。分子破壊銃はシモーヌのところに置いて、自分はより小型のブラスターを持っていくことにし、ハッチの前まであとをついてきていた男女に武器をわたす。それから、外へ駆けだしていった。

シモーヌはコンテナにすわったままでいた。疲れていて、ほとんど目を開けていることができない。

数分だけ眠ろう。ほんの二、三分間。そうしたら、またほかの者たちの仲間にくわわり、戦うわ。でも、いまは休まなければ。

シモーヌは心地よいだるさに襲われた。

ハッチを閉じなければ。そっとしておいてほしいから。

からだを引きずるようにしていって、ハッチを閉じた。それから金属コンテナのところにもどってくると、その上に横になる。

見あげると、壁からグレイの細い糸が一本、出てきた。

もう夢をみている。シモーヌはそう考えた。

3

製造施設のポジトロン制御センターは、ホールをななめにはしる橋のような構造物の下に設置されていた。アルマダ作業工数体が警護し、それをケチョが監視している。ローランドレのナコールは、柱二本の陰に立ってセンターを見あげた。柱がちょうどいいかくれ場を提供してくれている。

「上にあるあの卵形のセンターを掌握《しょうあく》したら、全施設をコントロールできます」うしろにいた一モンセロがいった。「すべてのタンクを開けて、大混乱を引き起こせるかもしれません」

アルマダ王子は振り向いた。そこにいたのはテインだった。並はずれて勇敢な戦士だ。エネルギー・ビームで角の先端を焼失したあと、そこをふたたび尖らせて、金属のキャップを装着している。エネルギー導体としての特性を失った角は、もはや以前のようには使えないが、テインは気にしていなかった。

「われわれはあまりにも多くの時間を失った」ナコールは答えた。「外の製造リングでの滞在が長すぎたのだ。銀色人は司令本部にいる。そこにたしかな地歩を占めないかぎり、かれらが優勢のままだ」

「銀色人をてんてこ舞いさせなければなりません」ティンは強調した。「かれらが工廠を救おうとすれば、やることは山ほどあるはずだ。しかし、それでも充分ではない。もっと大きな混乱が必要です」

「そのとおりだ」ナコールは上の制御センターを指さした。「あの橋を急襲して占領するのでなく、崩壊させよう。そうすればこちらの思うとおりになる」

「すばらしい考えです」モンセロはいった。「白サソリがロケット砲を一門、持っています。これまではまだ使っていませんが。適当な標的がなかったので」

ナコールは昆虫の戦闘部隊である白サソリたちに通信連絡した。即座に応答があった。

「きみたちが必要だ」ナコールはかれらに標的を説明した。

「やっとですね」サソリの一体は答えた。「なんのためにこの武器を持ち歩いているのかと、ずっと思っていました」

白サソリたちはパイプを掩体にして這っていき、ロケット砲を制御センターに向けた。その瞬間、エネルギー・ビームが炎となってこちらに飛んできた。いくつもの稲光が床を切り裂き、装置の被覆を溶かし、蓋のない容器のなかの液体に火をつける。だが、白サソリとナコールとティンは引きさがらなかった。みなエネルギー・フィールドで守られていたからだ。ロケット砲は橋をめがけて飛んでいき、卵形の制御センター近くで爆発した。橋は破壊されて、崩れ落ちた。

モンセロは勝ち誇ったように笑った。

「銀色人がいまなんというか、知りたいものです」と、かれはいった。ホールの明かりが消えて、これまで動いていた機械がとまったときだ。

「それはわたしも興味がある」ローランドレのナコールは答えた。「たぶん口もきけないだろう」

＊

制御システムの破壊によってすべての生産領域が完全に停止したと、ポジトロニクスが報告しても、クセルゼウンはまったく動揺していないようだった。なんの支障もないかのように、高慢な態度をとりつづけている。

ドロノモンはいつものようにひかえめにしていた。極力ほかの者の注意を引かないように、気をつけている。

カルワンホフは、いい気味だと思った。クセルゼウンはいつも、ここの責任者は基本的に自分ひとりだといっていなかったか？　自分だけが科学的・経済的分野に長《た》けているから、アルマダ工廠の操業をすべて維持できるといっていなかったか？　それにくわえて、保安技術の問題も掌握していると、つねに主張していたのではなかったか？ クセルゼウンにとっては、すでにアルマダ工廠への攻撃が完全な敗北だろう。カルワンホフはそう思っていた。

一方、パルウォンドフはなにを考えているかわからない。ほかのアルマダ工兵三人にはさまれるようにして司令本部の中央に立ったアルマダ工廠ホルテヴォンからの客は、冷静そのものでスクリーンを見ている。画面上には主コンピュータが、数字やシンボル、統計データ、戦いの進行状況を、映像中継で具体的にうつしだしていた。

パルウォンドフは一度ならず、すぐれた人格をしめした。傲慢にふるまうことなど必要ない。自制し、助言もせず、起きていることを正確に観察している。

ハッチの近くにいるカルワンホフは、パルウォンドフから目をはなさなかった。この男にひそむ力を感じ、そのりっぱな態度をうらやましく思った。パルウォンドフには、この攻撃はこのアルマダ工廠内ではなく、遠くはなれた、こことはなんの関係もないべつの工廠で起こったもののようだ。

クセルゼウンが突然、びっくりして身をすくめた。

「アルマダ王子だ」スクリーンのところに行って、そこにうつる一ヒューマノイドを指さした。「見てみろ。あの赤い目をしている。それについてはいろいろ聞かされた。ローランドレのナコールにちがいない」

映像をとめて、ひとつのカットを選んだ。それをぎりぎりまで拡大すると、反乱者の姿がさらにはっきり見えた。

「まちがいない」パルウォンドフも認めた。「ローランドレのナコールだ。われわれの前に公然と姿をあらわしたのだ」

カルワンホフはあまりに興奮して、気になっている疑問を口にすることすらできない。うまくしゃべれずに、ほかの者のからかいの対象になるくらいなら、むしろ黙っているほうがましだ。

アルマダ王子のことは以前から聞いていた。黒い甲冑《かっちゅう》のような服装で、独特な光をはなつ赤いひとつ目が額全体を占めている男には、多くの噂があった。

ローランドレのナコールは不死だという噂ではなかったか？

昔からアルマダ反乱軍のリーダーだったという男は、いったいなにものなのか？

ずっと長くそのリーダーであるというのは事実なのか？　だとすれば、反乱軍は無限アルマダの誕生とともに、すでに存在していたということか？

カルワンホフは背筋に冷たいものがはしるのを感じた。

その噂が本当ならば、かれは不死なのだろう。

ローランドレのナコールは尊敬に値いすると同時に、恐ろしい存在だ。自分たちはアルマダ工廠への攻撃など予想しておらず、防衛の問題はほとんど工廠防塁にまかせていた。そうなると、アルマダ反乱軍のような勝利慣れしている部隊を防御できる可能性はどのくらいあるのか？

たぶんわずかだ！ カルワンホフは考えた。反乱者は戦うことができ、われわれはできない。いくらか科学の心得はあっても武器の使い方を知らないケチョ十万名が、われわれにとってなんの役にたつというのだ？

クセルゼウンもスクリーンにうつるローランドレのナコールにショックを受けている。それを見て、カルワンホフはある種の満足感をおぼえた。

クセルゼウンは震える手でいくつかのスイッチを押し、さらなるアルマダ作業工を反乱軍に対する防衛のために向かわせた。

カルワンホフは、クセルゼウンがすでに以前からなにを考えていたか、わかった。アルマダ工廠モゴドンのことだけではない。なによりも、アルマダ中枢に進撃して無限アルマダを自分たちのものにするという計画について考えているのだ。

クセルゼウンは振り返って、パルウォンドフを見た。顔が痙攣《けいれん》している。

「あなたの助言を聞かせてもらいたい」傍目《はため》にもはっきりわかるほど、必死で自制していた。

クセルゼウンは絶体絶命の危機に立たされている、と、カルワンホフは思った。そして、ローランドレのナコールを恐れている。戦えばこちらが負けるのではないかと思っているから、意を決してパルウォンドフに質問したのだ。

「すべてのケチョを宿舎から連れだし、戦闘に投入すればいい。十万名以上はいるだろう。それに立ち向かう反乱軍は数百名だ。ケチョは武器がなくても反乱者を蹴散らすだろう」

「まさにそれを提案しようと思っていた」クセルゼウンは嘘をついている。

「その後、最高の兵士を集めて特殊部隊をつくるといい。その使命はたったひとつ。ローランドレのナコールを反乱軍の仲間から孤立させることだ」

「すばらしい」クセルゼウンは答えた。「アルマダ王子がほかの者と連絡がとれなくなったら、危険性は半減するな」

クセルゼウンはマイクロフォンに口をよせて、第二司令本部に一連の命令を伝えた。

カルワンホフは興味津々《きょうみしんしん》で近づき、クセルゼウンがケチョ数名と話すのを聞いている。

「われわれには戦闘部隊がいくつもあります」双子生物の一体はいった。「競技としてたがいにしばしば対戦させています。その者たちを反乱軍と戦わせ、アルマダ王子をほかの仲間から隔離しましょう」

「できれば生け捕りにしたいが」クセルゼウンはいった。「しかし、それがおまえたちの戦いの妨げになっては困る。もしナコールが死んだら、それは運が悪いのだ。重要なのは、アルマダ王子を孤立させ、敵のリーダーとして排除することだけだ」

「まかせてください」ケチョは答えた。「われわれはその問題を解決します。どのような結果になるにせよ……」

パルウォンドフはクセルゼウンの肩に手を置いて、いった。

「ちょっと待て。間違いは許されない」

「間違い？」クセルゼウンは驚いてたずねた。「どういうことだ？」

「われわれはナコールをなんとしても生かしたまま捕まえなければならない」ホルテヴォンからきた銀色人はいった。

「それがそんなに重要なことなのか？　排除すればいいのではないか？　ローランドレのナコールが死んだとなれば、ほかの反乱者も逃げだすだろう」

「わたしはもうひとつ先を考えているのだ」パルウォンドフはかすかなほほえみを浮かべて答えた。「われわれが伝説のアルマダ王子を手中におさめたら、絶対的権力掌握への道のりにおいて、さらなる切り札になる」

クセルゼウンは驚いてパルウォンドフに目を向けたが、ためらいがちにうなずいた。その一方で、相手がいったことをもう一度考えていた。

「そうだ、あなたは正しい」やがて答えた。「ローランドレのナコールを生けどりにし、捕虜としてみなに見せたら、突然に機能をとめたアルマダ中枢にかかわってわれわれが主役を引きうけたことが公けになる」

クセルゼウンは振り返って、ケチョに命令しようとした。アルマダ王子をどんなことがあっても生きたままアルマダ工廠の司令本部に連れてくるように、と。

しかし、もう一度パルウォンドフが押しとどめた。

「そう急ぐな。われわれはまだ準備ができていない」

「まだなにか必要なのか？」クセルゼウンはたずねた。

パルウォンドフはほほえんだ。

「ローランドレのナコールに提案をしてみてはどうか」

「どのような提案だ？」

「はじめてのやり方でナコールと対決しよう」パルウォンドフは冷静にいった。「相手はこちらを知らないし、こちらは相手を知らない。これをわれわれのメリットとして利用したほうがいい」

「どのように？」

「和平を申しこむのだ」

「わからんな」クセルゼウンは認めた。「われわれのだれも、ローランドレのナコールと和平を結ぶことなど夢にも考えていない」

「もちろんそうだ」パルウォンドフは答えた。「しかし、相手はそんなことは知らない。重要なのは権力だ。手段を選んでいる場合ではない。絶対的権力を手に入れようとする者は、些細《ささい》な懸念で躊躇《ちゅうちょ》してはならない。ナコールを混乱させるのだ。われわれに充分な説得力があれば、危険を冒さずだまして楽に捕らえられると同時に、競争相手を権力から除外してしまうことができる。それが狙いだ」

「おまけに、これ以上われわれの製造施設を反乱軍に破壊されないですむという利点もある」カルワンホフはつけくわえた。その後、言葉に詰まり、あまりにもお人よしな発言を撤回したいと思った。パルウォンドフからばかにしたようにはねつけられるのを覚悟する。しかし、それは間違いだった。パルウォンドフはかれを高く評価するようにうなずいてみせたのだ。

「すばらしい。きみはわかっているようだ」

「どうすればいいと？」クセルゼウンはたずねた。カルワンホフがこのように特別あつかいされるのが気にいらないのだ。

「アルマダ王子に交渉を申してる」パルウォンドフは説明した。「かれと反乱軍に対してあらゆる安全を保障すると、話し合いを提案するのだ。この話し合いは実際におこなわなければならない。そのさい、われわれはかれを丁重に、尊敬をこめてあつかう」

「それから、とりおさえる」クセルゼウンはいった。

「まだだ」パルウォンドフはいった。「それは早すぎるだろう。かれだけでなく、仲間の反乱者も排除したい。つまり、かれら全員に安全だと思いこませなければならないのだ。相手が納得するものを提供しなければならない。交渉のさいには、われわれの専門家を登場させる。古くから実証ずみのパターンにしたがって」

「そうだ、そのほうがいい」

「われわれが説得力のあることをいえば、ナコールの仲間も賛成するだろう」パルウォンドフは笑った。「そして、反乱者たちは突然かれを裏切る。そうしたら、われわれは戦闘態勢をととのえ、ただ横どりすればいいのだ」

「それが成功すると思うのか？」これまで黙っていたドロノモンがいった。

「確実に」パルウォンドフは答えた。「とてもかんたんだ。ナコールはアルマダ工廠の権力ファクターしか見ていない。かれにはそれが重要なのだ。その向こうにある次の目標にはたぶん気づいていないだろう。われわれのもとめる権力がアルマダ中枢までおよんでいるとは思っていないだろう。そのような権力要求は、かれのちいさな想像力の世界には合わないからだ。われわれはほんのすこし辛抱すれば、実際の戦闘行為がなくても目標に達することができる。大がかりな戦闘で重装備の武器を使ってアルマダ工廠の半分を破壊するよりもましだろう」

「天才的だ」クセルゼウンはこんどは賞讃した。

「そんなことはない」パルウォンドフは答えた。「多くの種族の歴史のなかで数多く成功している例を提案しているだけだ」

「相手にどのような保証を提供するのだ?」ドロノモンはたずねた。

「それはこれから考えよう」パルウォンドフは答えた。「まずはケチョに指示をしろ」

パルウォンドフは指導者としての地位をかため、ほかの銀色人もみなそれを受け入れていた。

クセルゼウンはアルマダ反乱軍に向かって前進し、包囲するよう、ケチョに命令した。しかし、まだ攻撃はしない。

「まかせてください」ケチョはくりかえした。「七十名の専門家が待機しています。われわれはもう出発します」

「七十ぽっちじゃだめだ」クセルゼウンはいった。「数千は必要だろう。貫通不能な生きた壁を敵のまわりにつくるのだ」

この言葉でクセルゼウンはスイッチを切った。

「もう問題は解決したも同然だ。軽く食事でもとらないか? 最近、ある酸素惑星に調査旅行したさいに見つけた巨大イモムシの心臓を蒸したものがある。あなたが絶対にまだ食べたことのない特別料理だ」

パルウォンドフはほほえみながら口をぬぐった。

「それはいい。そのような美味ならわたしはいつでも大歓迎だ」

「カルワンホフが食事を準備するだろう」クセルゼウンはいった。「かれは有能な料理人だ。料理ができるあいだ、いかにうまくナコールの問題を処理するか話し合おう」

＊

崩壊した橋や制御センター、数多くのアルマダ作業工や引っくり返った機械類のあいだを抜けて、ローランドレのナコールと反乱軍はさらに先に進んでいった。しかし、突然、重力が強まり、耐えられないほどの負荷で上から押さえつけられた。

「カルテス」アルマダ王子はあえいだ。

高さほぼ一メートルくらいの青い卵がゆっくりと、アルマダ王子とほかの反乱者のほうにきた。全員なすすべもなく床に横たわり、空気をもとめている。卵はその縦軸を中心にして転がってきたが、まるいほうや尖ったほうの先端で、たえず数秒間とまった。勢いをつけないと次の前進ができないのか、毎回大きく揺れる。やがて、よろめきながらナコールの近くまできた。まるいほうの先端でとまると、殻の色が青から黄色に変わる。同時に、アルマダ反乱軍が窒息しそうだった負荷がひとりでに消えた。

高くなった重力方向の大部分を、カルテスが変えたのだ。反乱者たちは立ちあがり、ひと息ついた。

「きみがいなかったら、どうなっていたか」ナコールはため息をついて、卵形生物の上のまるみを褒《ほ》めるように軽くたたいた。

カルテスが前に転がる。アルマダ王子がすこし手を貸したので、卵は充分に勢いがついた。そもそも助けは必要なかったのかもしれない。カルテスは殻のなかで巧みに体重移動して動けるのだ。しかしナコールは、この重力操作者がそのような動作を友情の証《あか》しとしていることを知っていた。

ローランドレのナコールがカルテスのあとをついていくと、卵の殻の色がまた変わった。重力の高いゾーンをはなれたので、もう自分の助けは必要ないことを教えたのだ。

反乱者の一名が、生産ホールへつづく通廊のハッチを開けた。巨大機械のあいだを数多くのベルトコンベアが動いていた。

らせん状のエネルギー・ケーブルから白い電光が轟音《ごうおん》を響かせて、さまざまな装置の上をはしる。煮えたぎり蒸気をあげる液体が入った、蓋のないタンクにつながっている。透明なエネルギー・フィールドがパイプのようなかたちをつくり、そのなかで化学薬品がなんらかのパターンにしたがって動いている。

「先に進もう。できるだけ多くの空間を確保しなければ」ローランドレのナコールはいった。「やっと前進だ」

機械のうしろからアルマダ作業工が一体あらわれた。

「ローランドレのナコール、アルマダ王子ですね」金属的な声だ。「わが主人たちがあなたと話したいといっています」

「そいつを撃て」ナコールは命令した。

「だめですよ」カルテスは叫んだ。

アルマダ王子が振り返った。

「きみはしゃべれるのか？」唖然としてたずねる。

「もちろん」

「これまでひと言もしゃべらなかったじゃないか」

「その必要がなかったので」

卵形生物の殻は、上のほうの細くなったところが振動していた。そこが発声器官らしい。

「いまは必要があるのか？」

「そういうことです。銀色人は交渉を望んでいます」

「アルマダ工兵と交渉する者などいない」

「それは重大な過ちかもしれません」

「この意見が正しいと思う者はいるか？」ナコールは反乱者たちにたずねた。

「あなたのいうとおりです」一モンセロが叫んだ。「アルマダ工兵が譲歩することはありません。かれらがわれわれと合意したければ、屈服するしかない。交渉ではなく」

「われわれはまだ有利な立場にいる」白サソリの一体がいった。「しかし、それがいつ変わるかわからない。そうなったら、どうするのだ？」

「これは罠にすぎない」トカゲに似た頭部を持つヒューマノイドのスドネクがいった。

「だれでもわかることだ」

「そのとおり」ナコールの特別の信頼を受けているティンが、トカゲ頭に賛意をあらわした。「銀色人はわれわれを引きとめておきたいのだ。そうすれば、かれらの戦闘部隊はじっくり腰を据えて進軍できる」

「われわれの安全を保証してもらおう」頭に醜いやけどの痕がある、鳥型の一生物が要求した。

「主人は、あなたがたが望むすべての保証をあたえるといっています」アルマダ作業工は説明した。「交渉のあいだ、銀色人のひとりを人質として置いておくとのこと」

「それは聞くに値いする」カルテスがいった。「最高の譲歩ではないか？」

ローランドレのナコールはジレンマにおちいった。自分ひとりのことだったら、アルマダ工兵の申し出を即座に拒否していただろう。本当に交渉する気があるとは思えない。しかし、ほかの反乱者たちがいる。かれらの命を不必要に危険にさらしたくはなかった。それに、アルマダ側はこれまでよりもはげしく応戦できるようになっていて、その本当の戦力はまだ見ていない。大規模な戦闘が回避できないとなったら、すくなくとも友の半分は死ぬだろう。みなそれを承知で、みずからの意志でこの作戦に参加している。そのような状況でも、銀色人と話す意味がないといえるのか？

アルマダ作業工が近づいてきて、ナコールに紙をさしだした。

「これが提案です」ロボットはいった。「アルマダ工兵パルウォンドフ、クセルゼウン、ドロノモン、カルワンホフの署名があります。交渉のあいだはけっして部隊を動かさないと書いてあります。戦いは現状のまま一時停戦となり、どの部隊もべつの部隊を出しぬくことはしません。合意にいたらなかった場合は、戦いはいまのこの状況から続行されます」

「すべてを文書にするのはどうだろう？」卵形生物カルテスがたずねた。

「みな、だまされるな」と、ナコール。文書のかたちの提案は大げさだと思った。「そもそも、こんな紙にはなんの価値もない。銀色人はこちらを包囲しておいて、のちにそれを信じたわれわれを笑うだろう」

反乱者たちははげしく討論する。ローランドレのナコールはそれをとめなかった。かれらを観察していると、ふたつの陣営ができたのがわかる。ひとつは交渉に賛成で、もう一方は反対だ。

「われわれは文明社会の生物だ！」カルテスが叫んだ。「つまり、交渉によって紛争を解決する義務を負っている。暴力がはじまるところから知力は終わると、わたしは思う。この状況を言葉によって解決する理性を、われわれがまだ充分に持っていることを証明しよう」

アルマダ王子は、ほぼ八十パーセントの反乱者が銀色人との話し合いに賛成だと読んだ。

「アルマダ工兵がこちらにきたら、交渉しよう」と、アルマダ作業工に伝えた。「それまでは停戦だ」

「賢い決断です」ロボットは褒めた。

ホールの奥でドアが開いて、すらりとした姿があらわれた。誇らしげな、ほとんど傲慢とも思える態度で近づいてくる。銀色に鈍く光る無毛の顔はぴくりともしない。

「わたしの名前はドロノモン」そのアルマダ工兵はいった。「交渉が終わるまで、そちらの人質となる」

4

唇の上をなにかが這い、鼻のなかに入ろうとしている。シモーヌ・ケイムは寝ぼけまなこでそれをぬぐいとろうとしたが、指がなにか柔らかいものに引っかかったままになった。

驚いて起きあがる。

壁の隙間から、くねくねと折れ曲がったものがいくつも突きでていた。グレイのミミズのような外見だ。先端にいくにしたがって細くなっている。

シモーヌは恐怖のあまり、手足をばたつかせた。金属コンテナから跳びおりて、ハッチに向かう。

グレイのひも状組織はハッチの上にも這っていて、シモーヌにスイッチを押させまいとした。恐ろしかったが、両手でつかみ、はらいのけた。ハッチが勢いよく開く。彼女は通廊に出ると、そこにいたジョト・マナエの腕のなかに飛びこんだ。

「いい気分だ」ジョトはシモーヌをしっかりと抱きしめた。「きみがこんなに情熱的な女性だとは知らなかった」

シモーヌはジョトを突きはなして、さらに走っていこうとした。しかし、息を切らしながら立ちどまった。

「そのなかになにかいるわ。壁から這いでてきたのよ」

「きみは夢をみたんだ」ジョトは答えた。「そこにはなにもいない」

シモーヌはジョトのところにもどると、その手からブラスターをとり、キャビンのなかに発砲した。ビームが向かい側の壁に当たる。点状に発生した高熱の勢いと、それにともなう物質の膨張で、壁は粉々になった。その向こうに、はげしく脈動しているグレイの組織塊が見えた。

シモーヌはふたたび発砲した。ビームは組織塊に命中し、ほぼ一メートル四方を黒い灰に変えた。

壁の向こうにかくれていた生物の一部分が、うなり声をあげて出てきた。

「気をつけろ!」ジョト・マナエはそう叫び、シモーヌを自分のほうに引きよせた。彼女が振り返ると、さっきまでいたキャビンの床や壁、天井がぱっくり口を開けているのが見えた。あらゆるところからグレイの触腕が、くねりながら出てくる。都市化員がこれほど決然と行動しなかったら、捕まっていただろう。

「手をはなして。早く」シモーヌはいった。ジョトは女から武器をとりもどそうともせず、数歩先に行って彼女の動きのじゃまをしないようにしている。一方、シモーヌはブラスターをかまえ、不定形生物に向かって発砲した。熱波が通廊にひろがり、煮えたぎる金属が壁を伝って流れてくる。グレイの生物は黒みがかった泡をたてた。壁の化粧板のうしろの空洞に逃げようとしているのだ。しかし、シモーヌはエネルギー・ビームを浴びせて、壁のさらにひろい部分を破壊した。すると、その不定形生物がはっきりと見えてきた。

「すごく大きいな」ジョト・マナエは驚いた。「壁いっぱいを占めている」

ふたりからほぼ二十メートルはなれたところで突然、天井が崩落して、はげしく痙攣するグレイの塊りが通廊に落ちてきた。さしわたし二メートルほどある。

「それはきっと残骸よ」シモーヌは叫んだ。「あとはぜんぶ燃えてしまったのよ」

シモーヌの武器から発射されたエネルギー・ビームは、すぐにグレイの塊りに当たり、それを灰にした。

彼女は武器をおろした。

「感じない？　なにか変わったわ。いままでよりも呼吸が楽になったみたい」

「わたしもだ」ジョトは答えた。「きみのいうとおり、あの化け物はずっとそこにいたにちがいない。そして、われわれの思考に影響をあたえ、抵抗できないようにしていたんだ」

足音が聞こえ、アールン・ヴァルデッチが通廊の角を曲がってあらわれた。シモーヌとジョトがぶじなのがわかって、ほっとしているようだ。

「いったいなにがあったんだ？」ヴァルデッチはたずねた。

ふたりは熱気から少しあとずさって、説明した。

「つまり、きみの警告どおりだったわけだ」ヴァルデッチはいった。「われわれ、耳をかたむけるべきだった」

「あなたたちのところはどうなの？」かれの発言にはなにもいわず、シモーヌはたずねた。

「ひどいものだ。先へ進めない。司令室からほぼ五十メートルのところで攻めあぐんでいる。アルマダ作業工、エネルギー壁、重力罠が司令室を防衛している」

「それなら、これ以上、前進を試みるべきではないわね」シモーヌはいった。「グーン制御領域に行きましょう。そこの主制御を占拠すれば、司令室にいる者は無力も同然だわ。グーン・ブロックなしでは、そもそもなにもできないんだから」

「いい考えだ、シモーヌ。われわれ、もっと早くきみの意見を聞くべきだったな」

「われわれがそうすることを、あのグレイの塊りがメンタル・インパルスで妨害していたのかもしれないぞ、アールン。どうもそうらしい」

ジョトは考えこんでふたりを見つめ、

「あの個体だけなのか、もっとほかにもいるのか、知りたいものだ」

シモーヌは身震いした。その言葉の意味がわかったからだ。あのようなものが《イキューバス》のあちこちにいたら、自分たちの計画は成功しないだろう。そのメンタル・インパルスに服従するしかないからだ。こちらは一時的に船内を動揺させるだけで、根本的なところには到達しない。完全な自由への歩みは拒まれる。

「わからないわね」シモーヌは困り顔でいった。「いつかはっきりするでしょう。でも、いまはそのことにかかずらってはいられないのよ。わかる？　わたしたちは《イキューバス》の心臓部をすくなくとも一ヵ所は支配しなければならない。それが成功したときだけ、本当のチャンスが訪れるの」

「われわれは運がいい。きみがいたから」ジョト・マナエは意味ありげなほほえみを浮かべた。その言葉が本心かどうか、シモーヌにはわからない。

「さ、行きましょう」シモーヌは大声でいった。「グーン制御領域にとりかかるわよ。どこに行けばいいか、知っている？」

「たぶん」アールン・ヴァルデッチは答えた。「さっき、そのことをよく知っている者と話をしたよ」

「それじゃ、ここでなにをしているの？」シモーヌは急きたてた。

アールン・ヴァルデッチは向きを変えると、歩きだした。シモーヌと都市化員はそのあとを追った。

「こんなに大変だとわかっていたら、ついてこなかった」ジョト・マナエはため息をついた。「ジャイロにとどまっていただろう。そのほうがまだましなことくらいはわかるから」

シモーヌは肩ごしにいった。

「もういいからやめてちょうだい。ばかばかしくて冗談にもならないでしょう？」

「わかったよ」ジョトはシモーヌをなだめようとした。「これはまったく冗談じゃないんだが、わたしを先に行かせてもらえるか？」

「なぜ？」

「きみのあとを追っかけているのを見られたら、人にどう思われるかな？」

シモーヌは深いため息をつくと、立ちどまり、わきによけた。

「お願いがあるんだけど、ジョト。目の前から消えてちょうだい。あなたがいるといらいらするわ」

ジョトはにやにやしている。気にしていないようだ。

「きみは怒るととてもかわいい」

「やめて！　それが耐えられないのよ」彼女はため息をついて、ひとさし指でこめかみをたたいた。「ここで数兆共生体が暴《あば》れているんでしょう、まったく」

シモーヌは向きを変えると、アールン・ヴァルデッチのあとを追ってホールに入っていった。そこでは数百人の男女がひしめいている。

シモーヌは驚いて立ちどまった。

ホールは大騒ぎだった。解放された男女は夢中になって話をしている。はげしく口論している者もいれば、冗談をいい、笑っている者もいる。危険などまったく感じていないかのようだ。

シモーヌはまさに逆上しそうだった。監獄から解放されたはいいが、ウェイデンバーン主義者がこの船の指導部の権力を打ち破るためになにもしないなら、なんのための解放だったのだ?

「なぜみんな、なにもしていないの?」シモーヌはたずねた。「なぜそのへんに突っ立っているの?」

アールン・ヴァルデッチは肩をすくめた。

「指示を出す者がいないんだろう」

「ほんのひと握りのケチョとアルマダ作業工に対して、こっちは十万人……」シモーヌはかぶりを振った。「そもそも数の問題でないのかもしれない。だけど、すぐに手を打たなければ、わたしたちはまた監獄入りよ」

ヴァルデッチはシモーヌの腕をつかんだ。

「おちつけ。みんなにはリーダーが必要なのさ。ただ、それだけだ」

「それならば、わたしたちがリーダーをあたえればいい！」

シモーヌは人々の注意を引くため、手を高くかかげた。

「聞いて！」大声でいった。「このままではだめ。戦うのよ！　力を貸してほしいの。あなたたち全員に関わることなのよ。《イキューバス》の乗員を十人で打ち負かせるなんて思っていないわよね。力を貸してちょうだい！」

ウェイデンバーン主義者はそれぞれ勝手にしゃべっていて、だれも若い女に注目していない。ほんのわずかな者が自分たちの話を中断しただけだ。その近くにいる数名の男女はとまどって床に目を落としている。みな無名の大衆のなかに入りこもうとしているのが見てとれた。あとの者はケチョやアルマダ作業工の監視がないことで満足しているようだ。だれもこれからのことを考えていない。

シモーヌはあきらめたように手をおろした。

「みんないったいどうしたの？　わたしにはわからないわ」

「いまそのことを考えても意味がない」ヴァルデッチはいった。「わたしにもよくわからない。もう行こう」

黒い髪の男がひとり、こちらに歩いてきた。入念にととのえられた顎髭と、濃い褐色の目。ホールのなかはそれほど暑くないのに、青ざめた顔には汗が流れている。

「かれはスティーヴン・ウォル」ヴァルデッチが紹介した。「ある通商船の主任技師だった。どこにグーン制御領域があるか知っているそうだ」

「きみたちが司令室への突入をあきらめたのは分別がある」スティーヴン・ウォルはいった。「きっと無理だ。船長のシャワ・ガートは降伏するよりも、むしろ船を吹き飛ばすことを選んだだろう」

「そうなると十万の人間の命を危険にさらすことになる」ジョト・マナエはいった。

スティーヴン・ウォルはうなずいた。唇を嚙んで、シモーヌの向こうの宙を見つめている。

「わたしはあきらめないわ」シモーヌはいった。「わたしはほかの人たちといっしょに、アルマダ工兵に隷属する不定形の生体物質に変わるつもりはないのよ」

「そうなのか？」スティーヴン・ウォルはたずねた。

「もちろんよ」シモーヌは答え、肩を落とした。自分たちを待ち受けている運命を知るのは、ウェイデンバーン主義者のほんの少数だということが、このときはじめてわかったからだ。

「聞いてくれ、シモーヌ」ヴァルデッチはいった。「みんなにそれをいうことはできたかもしれないが、ほとんどが聞く耳を持たないと思ったんだ。あの注射がなにを意味するか、とっくに噂はひろまっているのかもしれない。しかし、だれもそのことについて話さない。みな本当のことが恐いんだ」

「でも、わたしはそれをこの人に話すわ」シモーヌは腹だたしげにスティーヴン・ウォルを指さした。「これでみな本当のことを語る勇気を持つでしょう」

かつての主任技師は反論したかったようだが、シモーヌはそれをさせなかった。自分の発見したことを短く的確に説明し、

「つまり、共生体はすでにあなたの血液のなかにいるの」と、締めくくった。「いつか活動をはじめるでしょう。《イキューバス》を手に入れ、共生体からふたたび自由になる方法を船載コンピュータにたずねることができてはじめて、わたしたちは救われるのよ」

「コンピュータがそれを教えると思うか？」スティーヴン・ウォルはあまりの驚きで、いまや顔に汗が滝のように流れている。

「確信しているわ」彼女は力をこめていった。「そうじゃなければ、あきらめてる。わたしたちの可能性を信じてるの。いまからグーン制御領域に進撃して、船長が《イキューバス》を吹き飛ばせないようにするのよ。それとも、わたしの思い違いかしら？」

「なにが？」スティーヴン・ウォルはたずねた。

「船長が《イキューバス》を破壊するには、グーン・ブロックの助けが必要だということが。本当にそうなの？」

「それがいちばんかんたんな方法だ」ウォルは語気を強めて、シモーヌの向こうを見つめた。「しかし、おそらく船内にはまだ発射できるミサイルもあるだろう」

「それはあとで考えるわ」彼女は決断した。「いまはどこにグーン制御領域があるか、教えてちょうだい」

＊

ローランドレのナコールは猜疑《さいぎ》心いっぱいでそのアルマダ工兵を見た。銀色人ドロノモンの顔は金属の鋳造品のように見える。表情がまったくないのだ。それでも、不安なのがわかる。

なぜだ？ なにを恐れている？ ほかのアルマダ工兵が嘘をいっているのでなければ、自分が安全なのはわかっているはずだ。

ローランドレのナコールはひそかにほほえんだ。

そういうことか！ 銀色人たちは嘘をついている。本当はこちらと取引しようなどとはまったく考えていない。ただ時間稼ぎをしているだけだ。しかし、どのようにドロノモンの命を救うつもりなのか？

「連れていけ」ナコールは命令した。「絶対に逃げられない部屋に入れるのだ」

ペラック三名がドロノモンを連行するのを待って、腹心たちを呼びよせた。

「罠にちがいない」ナコールは小声でいった。「アルマダ工兵は交渉中にわれわれを包囲しようとするだろう。それを突きとめなければならない。あらゆる方向に部隊を送り、銀色人がわれわれをだまそうとしているとわかったら、すぐに連絡するんだ。そうしたら、ドロノモンの命はない」

「これからどうするつもりで？」卵形生物カルテスがたずねた。

「ほかのアルマダ工兵と話をする」ナコールはすぐ答えた。「トルロスといっしょにかれらのところに行く。それから先はやってみなければわからない」

「いい考えです」カルテスは褒めた。

アルマダ王子は、漏斗《ろうと》形タンクのところに立って集まっている四本脚生物たちのほうを向いた。そのなかにトルロスもいる。

ナコールは考えがあって、これまでトルロスを表に出さなかったのだ。

トルロスの外見は、身長ほぼ三メートルのヒューマノイドをぶかぶかのグリーンの袋に突っこんで、上を縛ったように見える。丸太のような脚が二本と、腕が二本あり、腕の先はしわだらけで皮膚がたるんだような印象だ。卵形の胴体はずんぐりとして、上のまるみには無数のクリスタル片でできているような青く輝く視覚器官が、ベルトのように頭部をひとまわりしている。その上には、袋の先を縛ったようなものが立っていた。

トルロスは全体的にとても柔和な印象をあたえる。けっして危険には見えない。戦闘で勝ちぬくには、あまりにもたよりなげだ。

からだの大きさがそのような印象をあたえるのだろう。

ナコールはドロノモンを連行するペラックのあとから、生産管理センターへとつづくリフトに向かった。管理センターはホールの床から二十メートルほど高いところにあり、まわりはパイプだらけだ。

ペラックたちはアルマダ工兵をキャビンに閉じこめたが、そのままそこにいる。ナコールは銀色人を仔細《しさい》に観察した。顔は仮面のようで、生物なのかロボットなのかわからない。

これは悪い冗談ではないか！　われわれは向こうの鼻先にトルロスを押しつけ、向こうは工兵の偽者を使ってこちらをぺてんにかけようとしているのでは。

「きみ以外にどのくらいの数のアルマダ工兵がまだここにいるのか？　どこに行けば話ができるのだ？」ナコールはたずねた。

「わたしがホールに入ってきた場所へ行け」ドロノモンは答えた。「走行キャビンで二百メートル先の部屋に行けば、そこでほかのアルマダ工兵三人のひとりが待っている。だれも同行していない。ケチョもアルマダ作業工も数百メートル四方にはいない」

「この者を調べろ」アルマダ王子は命令した。「ほんもののアルマダ工兵かどうか知りたい」

「なんということを考えるのだ？」ドロノモンは怒った。「だれもわたしに触れてはならない」

ナコールは仲間のひとりを手招きした。宇宙服のファスナーを閉め、ミラー加工のヴァイザーがついたヘルメットをつけているので、姿はわからない。

「センリ、ここにいるのが本当にアルマダ工兵かどうか知りたい」ナコールはいった。「ロボットではないかと恐れているのですか？」くぐもった声が、宇宙服の肩の部分にあるスピーカーから響いてきた。

「そのとおりだ」

数秒たった。ドロノモンは不愉快そうに手の甲で唇のない口をぬぐっている。

「あなたの目の前にいるのはアルマダ工兵です」宇宙服を身につけた生物が報告した。

「ドロノモンは生命体です」

「アンドロイドではないのか？」

「いいえ、違います」

「ごくろう、センリ」

宇宙服を身につけた生物は向きを変えて、ほかの反乱者のところにもどっていった。

ローランドレのナコールはトルロスを手招きしてから、ペラックに命令した。

「われわれが二時間もどらないか、あるいはそのあいだにきみたちが攻撃されたら、ドロノモンを殺すのだ」

「まかせてください」ペラックの一名が答えた。「あなたになにかあったら、ドロノモンはけっしてここから生きて帰れないでしょう」

「たのんだぞ」アルマダ王子はいった。赤いひとつ目が謎に満ちた光で輝いた。「わたしが留守のあいだはティンが指揮をとる」

そのモンセロがやってきた。

「われわれの仲間はすでに移動をはじめています。あらゆる方向へ散開するでしょう。アルマダ工兵がわれわれを打ち負かすことはできませんよ」

「すばらしい」ナコールは褒めて、トルロスと出発した。

アルマダ工廠から銀色人を追いだして、重要な権力ファクターを奪うのだ。

ひょっとしたら銀色人は、みずから姿を消してぶじに撤退することだけを願っているのかもしれない。ナコールはトルロスといっしょに走行キャビンに乗り、そう考えた。

ドアが背後で閉まり、軽い衝撃とともにキャビンが動きだす。

ローランドレのナコールはこのとき、ヨウゼネが工廠防塁の要塞に破壊されてしまったことを思いだした。それが自分たちにどのような意味を持つか、急にはっきりした。

5

シモーヌ・ケイム、ジョト・マナエ、アールン・ヴァルデッチ、スティーヴン・ウォルがホールをはなれようとしたとき、突然、群衆がしずかになった。情報媒体制御員のところに女三人が近づいてきて、行く手をさえぎる。そのなかのひとりがいった。

「わたしたち、そこでとても恐ろしいことを聞いたの」

「全員が血液中に持っている共生体のこと?」シモーヌ・ケイムは冷静に応対した。

「そのとおり。でも、ただの噂なんでしょう?」

「残念ながら違うわ」シモーヌは自分とアールンとジョトが知りえたことを辛抱強く説明した。その言葉がどのような影響をあたえるかを観察するが、女たちの感情に配慮はせず、関係性をあるがままに説明した。

「嘘でしょう……」べつのひとりが、つかえながらいった。ブロンドの髪の柔和そうな女だ。泣きだしそうだった。「そうかんたんには信じられない」

「本当のことよ」シモーヌははっきりといった。「誓ってもいいわ。信じたくなければそれでもかまわないけど、たぶんあなたたちは共生体の最初の犠牲者になるでしょう」

「ほかの者にはっきりと伝えるんだ」ジョト・マナエはうながした。「いまだに数万人もの仲間が捕虜になっていて、そのほとんどはなにも知らない。ひとりのこらず全員に教えないと。いいかげん目をさまして戦うようにいってくれ」

「あなたたちはなにを計画しているの？」

「われわれはグーン制御領域に行く」ジョトは打ち明けた。「そこから《イキューバス》を乗っとる」

「あれはいうべきでなかったかもしれないわね」そのあと制御領域に向かうとき、シモーヌは通廊でいった。「彼女たちの胸だけにおさめておくとはかぎらないでしょう？」

ふたりから十メートルほど前にいたアールン・ヴァルデッチとスティーヴン・ウォルが突然、耳をふさぎ、ゆっくりとしか歩かなくなった。酔っぱらいのようにふらついている。苦痛のあまり、からだをふたつに折るようにして、なんとか前進している。

「どうしたのかしら？」と、シモーヌ。「ジョト、あのふたりはなにをしているの？」

「知らない」

「あなたはいつもそうよね」シモーヌはあざけるように口をへの字にした。

ジョトは聞こえなかったらしく、大股で先に立って歩いていく。しかし、突然、壁にぶちあたったかのように立ちどまった。目と口を大きく開けて、両手を耳に押しあて、驚愕と不安でこちらを見る。シモーヌは先ほどの発言をすこし後悔した。

先に進むことをためらった。ジョトは耐えがたい騒音と戦っているらしい。一方で、わずか二歩しかはなれていない自分にはなにも聞こえない。

スティーヴン・ウォルとアールン・ヴァルデッチが通廊の奥で、疲れはてて床にすわりこんでいる。ふたりとも、もたれかかっている壁と同じくらい青ざめていた。苦しそうに息をして、こめかみをこすっている。騒音ゾーンをはなれたようだ。

「早く!」シモーヌはジョト・マナエに叫んだ。「もっと先まで走るのよ」

ジョトには聞こえないらしい。からだをくの字に曲げ、まるで振りおろされる棍棒から身を守ろうとしているかのようだ。ゆっくり膝をつくと、くずおれた。

シモーヌは恐ろしい苦痛を覚悟し、走りだした。同時に、きしむような、雷鳴のような、太鼓の連打のような、笛のような、さまざまな音がまわりで鳴りはじめた。頭が破裂しそうだ。

驚いて、男たちと同じように耳に手を当て、身をよじる。騒音が肉体の痛みの原因となって、なにかに首を絞められているような感覚におちいった。からだじゅうの細胞が震え、何千本もの騒音の針で突き刺されているようだ。それでも、騒音罠の苦痛はアールンやスティーヴンやジョトほどではなかった。どこかで覚悟していたからだろう。

シモーヌはなんとか持ちこたえ、ジョト・マナエの襟首をつかみ、引っ張っていった。

一歩ずつヴァルデッチとウォルのほうに近づくにつれ、騒音で苦しまなくてもすむようになる。

ジョトは意識を失っていた。

奇妙だわ。シモーヌは考えた。アールンと主任技師を見て、どうなるかわかっていたはずなのに。

ふたりが助けにきた。シモーヌとジョトを静かな場所に引きずっていく。

シモーヌは床に倒れこみ、横になった。そのまま目を閉じる。騒音罠を克服し、都市化員をいっしょに引っ張ってきたことでいかに体力を消耗したかを、いまはじめて感じた。腕と脚が鉛のように重い。脈は非常に速く、呼吸は荒く、胸は刺すように痛んだ。

「殺されそうだった」スティーヴン・ウォルはつぶやいた。

「こんなびっくり仰天を、やつらがこれ以上用意していないといいのだが」アールン・ヴァルデッチはため息をついた。「シモーヌもそのうち力つきる。そうしたら、だれがわれわれを救出してくれるんだ？」

シモーヌは目を開き、彼女の力を認めるようにうなずいているヴァルデッチを見た。

「きみはすばらしい、シモーヌ。われわれにはジョトを助ける力はなかっただろう」

シモーヌはやっとからだを起こして、壁で背中を支えてすわると、ゆっくりとうなずいた。ヴァルデッチのいいたいことがわかったからだ。もうひとり騒音罠に捕まった者を助けろといわれても、自分にはもうその力はないだろう。

「制御領域はまだまだ先よ」シモーヌははじめてあきらめを口にした。「《イキューバス》にもっとあんな驚きがかくしてあったら、目的達成は無理だわ」

「たぶんかくしてあるだろうな」アールン・ヴァルデッチはいった。「それでも、なんとかやっていこう」

シモーヌは疲れたほほえみを浮かべた。

「だれかステーキでもごちそうしてくれない？　とてもおなかがすいたわ」

「パンひと切れならある」スティーヴン・ウォルは答えた。「食べるといい」

シモーヌはウォルがさしだしたパンを引ったくると、むさぼるように食べた。ヴァルデッチにいくらかのこりをわたそうとしたが、かれは断った。

ジョト・マナエはしだいに意識がはっきりしてきた。あわててまわりを見まわして、やっとなにが起こったかがわかったようだ。

「なんとか立ちあがるんだ」スティーヴン・ウォルは汗まみれの顔を袖でぬぐった。「永遠にここで待っていることはできない。それとも、司令室がわれわれがどこにいるか知らないとでも思っているのか？」

ジョトは悪態をついて、立ちあがった。

なにかいおうとしたが、ヴァルデッチが手で静止し、ささやいた。

「しずかに。アルマダ作業工だ」

二歩もはなれていないところにあるハッチを開けて、その奥を見てみると、漏斗状にひろがった通廊があった。巨大なホールに通じている。

「グーン制御領域だ」スティーヴン・ウォルは驚いた。「やっと着いた！」

すぐ近くでいくつかの通廊が漏斗から分岐している。そこから、近づいてくるアルマダ作業工の足音が聞こえた。

「ここから逃げるんだ」ヴァルデッチは急がせた。「早く」

「制御領域に入りこもう」かつての主任技師は勧めた。「わたしのそばにいるんだ。いつ攻撃をはじめるか合図する」

＊

走行キャビンがとまって、ドアが開いた。ローランドレのナコールは、グリーンの液体が入った蓋のないタンクの上にのびる、長さほぼ百メートルの橋を見あげた。橋の終わりには、一瞬にしてかたまった稲妻に似た構造物があり、その隣りでさまざまな色の風船がホールの天井まで山積みになっていた。こんな巨大な山が崩れてタンクに落ちないのが奇蹟のようだ。

橋のはずれにある赤く光る構造物のまんなかから、すらりとした姿があらわれた。

外見は完全にヒューマノイドだが、銀色に鈍く光る肌には体毛がまったくない。黒いコンビネーションがぴったりとからだをつつんでいる。それでも男なのか女なのかわからない。

ドロノモンと驚くほど似ている。しかし、ローランドレのナコールは、双方のアルマダ工兵に明確な違いがあることに気づいた。

いま近づいてくるほうには、くらべものにならないほど強い個性があり、重要な地位についているのがはっきりわかる。アルマダ工兵はゆっくりと近づいてきた。動きは軽々としていて優雅さがある。アルマダ王子に負けず劣らず自信に満ちていた。無毛の顔にいらだちや緊張は見られない。その銀色人は、揺るぎない地位にある者のように登場した。

「だれか近くにいるか?」ナコールは同行者の巨大生物にたずねた。トルロスはあらゆる方向を同時に見ることができるのだ。

「だれもいません」トルロスはアルマダ工兵に聞こえないように小声で答えた。

ローランドレのナコールは立ちどまり、待った。

銀色人は五メートルのところまで近づいてきた。

「わたしの名前はパルウォンドフ。われわれ、話し合わなければならない」

「なにを話し合うのだ?」ナコールは答えた。「こちらの希望は知っているだろう」

「もちろん。モゴドンを明けわたせというのだな」

「なんと利口なのだ、パルウォンドフ」

「われわれは譲歩しない、ローランドレのナコール」

「わたしの名前を知っているのか？」

「噂は聞いている」

「それなら、わたしがつねに目的を達成することも知っているだろう」

「ここではそうはいかない。われわれは戦いをつづけてもいいのだが、そうするとモゴドンの大部分が破壊されて、減産をこうむり費用がかさむ。生産施設を再建するのに長くかかるかもしれない」

「自分が戦いに勝つと決めてかかっているな」

「われわれも持ちこたえられるかどうかわからないが、きみが勝者になることはけっしてないだろう」

「そのうちわかる」

パルウォンドフはかぶりを振った。

「きみは賢く慎重な男だと聞いている。わたしがなんの話をしているか、わかるはずだ」

「そうか？」

「もちろんだ。きみがモゴドンからわれわれを追いはらえたとしよう。そのあと、なにが起こる？」

「聞きたいものだ」

「知っているのにか？」

パルウォンドフはそういうと、腕組みをした。

「工廠防塁の要塞は、ヨウゼネを破壊することで、外に対してだけでなく、内部に向かっても攻撃できることを見せつけたのだ。ローランドレのナコール、われわれが撤退せざるをえなくなったなら、要塞群はモゴドンを砲撃で潰滅させるだろう」

パルウォンドフのいうとおり、ナコールはそれをとっくに知っていた。工廠防塁を突破したあと、重要なのはアルマダ工廠を支配下におくことだけだという、誤った推論を展開していたのだが、それだけでは充分ではなかった。

アルマダ工兵をモゴドンから追いだすことはできない。かれらが撤退したら、自分と反乱軍は生きのびるチャンスを奪われるからだ。

「黙っているところを見ると、わたしが正しいと認めたのだな。きみたちは立場を失っている。モゴドンを攻撃したのは、きみの人生最大の間違いだった。万事休すだ、アルマダ王子」

パルウォンドフはそういうと、冷笑した。勝利の瞬間を楽しんでいるのだ。

「いいだろう」ローランドレのナコールは答えた。「われわれ、意見が一致した。そちらの提案を聞こう」

「われわれにとって重要なのは生産施設だ」アルマダ工兵は説明した。「ほかのすべてのものには興味がない」

ナコールは相手が嘘をついているとわかった。アルマダ工兵は無限アルマダの支配を望んでいるのだ。目標はアルマダ第一部隊である。この目標の途中で生産施設が破壊されたからといって、銀色人にとってそれほど大騒ぎすることではない。

「なにかいい提案があるのか？」ナコールはたずねた。

「われわれはきみたちに自由撤退を認める」パルウォンドフはいった。「モゴドンをはなれるがいい。だれも追撃したりしない。工廠防塁のエネルギー砲も沈黙するだろう」

「どの船でわれわれは帰ればいいのだ？」

「《イキューバス》に乗ってもらう」

「きみもいっしょにな」ローランドレのナコールはそういうと、パルウォンドフに跳びかかり、捕らえようとした。だが、手はなんの抵抗も感じず、相手を突きぬけた。

プロジェクションだ！　だまされた。

橋の上にどこからともなく、不格好なアルマダ作業工が五体あらわれた。ナコールは突然、それまで見えなかったエネルギー・ミラーに気づく。そのせいでトルロスまで眩惑されてしまったのだ。

＊

「これは工廠防塁です」ハミラー・チューブが探知映像を解析した。

「思ったとおりだった」ペリー・ローダンは確認した。「われわれがそのコースを追っていたアルマダ筏は、アルマダ工廠のひとつに向かっていたのだ」

「それが、工廠防塁内でたぶん破壊されたのですね」ラス・ツバイはつけくわえた。

「奇妙だ」

「これからどうします？」エリック・ウェイデンバーンが独特の興奮状態でたずねた。

「攻撃するのですか？」

「そのためにわれわれはここにきた」

ローダンは答えて、ウェイロン・ジャヴィアを見た。《バジス》の船長はラス・ツバイといっしょにいる。テレポーターはうなずいて、向きを変えるとローダンのほうへやってきた。

「ウェイロンは、アルマダ工廠モゴドンがホルテヴォン同様にパラ・バリアで防御されているかどうか解明すべきだという意見です。わたしもそのとおりだと認めざるをえません。成功への道が開けるのは、工廠防塁をすみやかに大きな損失なく突破できたときだけです」

「それはたしかだ」ローダンは認めた。「壁を内側から打ち破らなければならない」

「提案ですが、グッキーとわたしで先遣隊をつとめましょう。われわれがそれなりの成果をあげたらすぐに知らせます。そうすれば、大規模な攻撃がはじめられるでしょう」

ローダンは探知スクリーンを見た。艦船四千隻の部隊は、工廠防塁とそのうしろにかくれたアルマダ工廠からまだ百光年以上はなれたところにいる。探知映像は、工廠防塁に三光年のところまで近づいた偵察船からのものだ。いまは恒星の対探知の盾にとどまって、安全な距離から映像をハイパー通信で伝えていた。

「わかった」ローダンはいった。「そのあいだにわれわれは攻撃の用意をしよう」

ラス・ツバイは《バジス》の司令室をはなれた。グッキーはあとをだまってついていく。どっちみちこの件は自分たちがリードすると確信していたからだ。

数時間後にいよいよはじまった。

《バジス》の搭載艇が工廠防塁をすれすれに通るコースで近づいていく。ほぼ三千キロメートルの距離まできたとき、セラン防護服に身をつつんだラス・ツバイとネズミ＝ビーバーが工廠防塁にテレポーテーションした。

ふたりは黒っぽいピラミッド形の宇宙要塞ふたつのあいだで実体化する。襲撃される前に、施設内にジャンプした。

グーン領域だ。そこではアルマダ作業工がなにかを修理していた。こちらを気にとめない。

　グッキーは開いているハッチを抜けて通廊に出た。片手をあげて、上を指さす。ラス・ツバイは理解してうなずいた。上に要塞の司令センターがあり、そこに思考する生物がいるのだ。イルトがテレポーテーションして、ラスはそのあとを追った。

「ペラックが一名いるよ」ちいさな司令センターから十メートルのところでグッキーがいった。無数の装置とモニターのまんなかにイモリのような生物がしゃがんでいる。

「外に連れだせ」アフロテラナーはいった。「必要不可欠なこと以外で危害をくわえたくない」

　ネズミ＝ビーバーはテレキネシスでペラックをつかんで、ハッチの開いていた司令センターから通廊に出した。黒い肌の生物は手足をじたばたさせて大声をあげたが、イルトの超能力にはなすすべもない。二十メートルほど通廊を浮遊していった。そのあいだにラス・ツバイはブラスターでスイッチ装置を破壊し、要塞の戦闘機能を無力化した。

　グッキーはペラックを自由にした。すると、すぐにペラックはブラスターをつかむ。だが、武器は勝手に手から落ちた。

「そんなもの使うなよ！」グッキーは叫んだ。「じゃないと、指揮官はあんたが司令センターに暖房を入れたと勘違いするぜ」

グッキーはくすくす笑って、ラス・ツバイに手を伸ばすと、いっしょに次の要塞にテレポーテーションした。今回はどこが目的の場所かわかっている。司令センターのわずか数歩前で実体化した。そこでは昆虫生物が見張りをしていて、すぐにふたりに気づいたが、グッキーを追いはらうには遅すぎた。

「とっとと失せな、複眼野郎！」ネズミ＝ビーバーは叫ぶと、昆虫生物をすわっていたクッションから持ちあげ、通廊に沿って飛ばした。このあいだにラス・ツバイは戦闘マシンのポジトロン・スイッチを破壊し、使えないようにした。

「ぼかあ、複眼が嫌いなんだ。知ってた？」グッキーはアフロテラナーにたずねた。

「初耳だ」ラスは答えた。「それ以上とんでもない話がはじまる前に、先を急ごう」

「これじゃ退屈だよ」グッキーは文句をいった。さらに四つの要塞を、たいした抵抗にあわずに無力化したときだ。「やつらをおたがいに戦わせよう。もっとおもしろくなるぜ」

「花火をあげるようなまねして注意を引くな」ラスは断った。「パラ・バリアがないのはよかったな」

「あるさ」イルトは答えた。「でも、だれかがさんざんいじりまわしてる。ほとんど効果はないよ」

ふたりは次の要塞に移動した。ふたたび司令センター内の生物を不意打ちする。しかし、そのあと実体化した場所は、一ペラックのうしろだった。司令センター前の通廊で、ブラスターを手に待ちかまえている。

「だれかが警告したな」グッキーは甲高い声でいった。「でも、時間のむだだよ」

イモリ生物は叫びながら振り向き、武器をテレポーターふたりに向けようとした。だが、できなかった。エネルギー・ビームが司令センターに向けられるよう、グッキーが細工したからだ。

グッキーは自分のマルチ銃をセラン防護服のマグネット・ホルスターにしまった。

「ぼかあ、エネルギーを節約したいんだ。知ってたかい？」

ペラックがわが身に起こったことと戦っているあいだに、ミュータントふたりは姿を消して、次の要塞にうつった。イルトはそこでも、司令センターに詰めていたアルマディストの武器を使って〝エネルギー節約作戦〟に出た。

そのあとふたりは《バジス》のローダンに、ハイパー通信を通じて状況を知らせた。さらなる宇宙要塞を攻撃するときは、より慎重に行動しなければならなかった。防御態勢のアルマディストやアルマダ作業工と頻繁に遭遇するようになったからだ。もう司令センター近くで実体化しないほうがいいと判断し、安全な距離をたもつことにして、攻撃をくわえる前にまずは状況を調べる。

要塞内はあちこちで警報がうなりをあげていた。

アルマディストとアルマダ作業工は、どこからともなくあらわれてすばやく攻撃し、ふたたび消える敵との戦いのなかで、実力をためされていた。

だが、作業工の動きは遅すぎた。要塞が次々と崩壊し、モゴドンの防衛力はますます落ちていく。

こうして工廠防塁は破られた。

6

スティーヴン・ウォルは、グーン制御領域の中軸を形成している巨大なシリンダーを指さした。

「これが駆動装置の中枢部だ。アルマダ部隊のなかにはわずかながら、船の外側にフランジ接合されたグーン・ブロックを、司令室ではなくここから操作するものがある。《イキューバス》もそのひとつだ。あの上のほう、ホールの天井の下に制御室があり、そこからすべてのグーン・ブロックとその付属装置を制御・調整する。このホールでは、もっぱら駆動装置の性能をどこまで利用するかを決定している」

「つまり、加速するか減速するかを決めるわけだ」ジョト・マナエは補足した。

「なんとすばらしいの」シモーヌ・ケイムは小ばかにしたようにいった。「それ以上うまく言葉で表現するなんてだれにもできないわ」

「さっさと行くぞ」アールン・ヴァルデッチがせかした。「それとも、きみたちはアルマダ作業工に捕まりたいのか？」

ヴァルデッチは、そびえる装置のあいだを抜けるようにつづく通路に全員を押しだした。

グーン制御領域は本来の駆動装置と同じシリンダー状だ。補助装置が駆動装置をリング状にかこんでいて、それぞれのあいだにほぼ二メートル幅の通路がある。その通路を使ってアルマダ作業工が、必要に応じて補充交換部品を運びこむのだ。通路の床は《イキューバス》のすべての領域と同じ1Gの重力が支配している。そのため、男三人とシモーヌは、どこにいても装置リングの下側の弧にいるように感じた。上では数多くのアルマダ作業工が働いている。どうやらすべてのグーン・ブロックを交換したらしい。

スティーヴン・ウォルは同行者たちを急がせた。

「このあたりはカメラで監視されているにちがいない。われわれはどこかの保安センターのモニターで見られている。遅かれ早かれ武装した作業工がやってきて、つきまとわれるだろう」

四人は通廊を急ぎ、修理ロボット数体をかわした。装置のあいだを抜けてべつの通路にうつり、本来の駆動装置につづくちいさな橋に近づいていく。

突然、箱形のアルマダ作業工一体が立ちはだかった。マシン・ブロックのすぐそばにいたので、最初は機械の一部かと思っていたが、いきなりパラライザーで撃ってきたのだ。ビームが命中したヴァルデッチとウォルは倒れ、死んだように横たわる。マナエはビームがかすめただけだったので、からだの一部が麻痺した。男三人のうしろにいたシモーヌは左手が動かなくなった。男たちが倒れるのを目《ま》のあたりにした彼女は、殺されたケチョから奪った銃をやみくもに撃った。幸運なことに命中して、アルマダ作業工は破壊された。麻痺ビームはそのまま天井に当たるが、なんの意味もない。

ジョト・マナエがうめきながら膝をついてからだを起こした。

「手を貸してくれ、シモーヌ。腕と左足がいうことをきかない」

ポジトロン制御室まであと二十メートルほどある。シモーヌはあわててまわりを見まわした。数秒が勝負だ。どこか近くに危険なアルマダ作業工がまだいたら、三人の面倒は見られない。

「待ってて。すぐもどってくる」

シモーヌは橋をめざして走った。そのすみにある梯子《はしご》をのぼってほぼ二メートル行くと、重力方向が変わったことに気づいた。急に、もうのぼっているという感覚がなくなり、たいらな地面を四つん這いで進んでいるようだ。驚いて立ちあがり、男三人のほうを見た。自分は橋の上に立っていて、倒れている三人は垂直の壁に貼りついているハエのように見える。

シモーヌは驚いてかぶりを振った。このグーン制御領域ではむだに技術を使っている。制御室めざして先を急ぐと、透明なハッチを抜けてなかに入り、ハッチを閉めて、シートに腰をおろした。そこから制御領域の大部分を監視できる。

まだ動きはない。どこかのセンターで警報が鳴るだろうとスティーヴン・ウォルはいったが、間違いではないか。アルマダ作業工と戦ったあとでさえ、直接の影響はなにも出ていない。

アルマダ作業工とかケチョが近づいている気配はなかった。シモーヌはふたたび制御室をはなれ、男三人を介抱しようと決心した。

「だめだ！」ジョト・マナエが叫んだ。シモーヌがハッチを抜けて橋に出ようとしたときだ。「さっさと行動しろ。われわれが船を掌握したことを船長に知らせるんだ」

わたしが自分の身も守れないことに船長が気づいたら、そんなことをしてもなんの意味もないではないか？　シモーヌは橋の上を走った。ひとりではなにもできない。

橋のはずれで重力方向が変わったが、その変化はゆるやかで、危険はなかった。見えない力が足をべつの方向に引っ張っているような感じになり、下につづいている梯子にいっきに立つ。それをおりると、男三人のところに急いだ。

「きみは頭がおかしい」ジョト・マナエはシモーヌにいった。「女に典型的な態度だな！　制御室にとどまって自分の力を最大限に発揮せず、われわれを助けようとおちつきなくうろうろしている」

「黙らないなら、あなたをパラライザーで撃って完全に麻痺させるわよ」シモーヌはいった。「さ、立って」

シモーヌはジョトを助け起こした。腕を肩にまわして、梯子のところまで引きずっていく。

「ああ、なんてことだ」ジョトはうめいた。「ついにきみが抱きしめてくれたというのに、わたしは男として半人前だ」

「なんて大げさな」シモーヌは淡々と皮肉をこめて答えた。「あなたがわたしにとって半人前だったことはないわ」

「そうか？　本当に？」

「そうよ。半人前以下よ」

ジョトは梯子につかまって、からだを引きあげた。

「さ、ひとりでなんとかして！」シモーヌはそう叫ぶと、制御室に急いだ。そこから、ハッチを通って入ってきたアルマダ作業工三体を監視した。武装していて、狙いを定めて向かってくる。

遅すぎたんだわ。もうアールンとスティーヴンのためになにもできない。

ジョト・マナエがあえぎながら制御室に這ってきた。

「はじまるわよ」シモーヌはいった。「数分のうちに」

ローランドレのナコールは跳びのいて、トルロスに場所をあけた。

「だったら、ドロノモンは死ぬしかない！」ナコールは叫んだ。「戦いはつづく」

笑い声が頭の上から降りそそぐように聞こえてきた。

「われわれをとめられると本当に思っているのか？」パルウォンドフはたずねた。

遠くから爆発音が聞こえる。仲間たちが、攻撃してきたアルマダ作業工部隊とはげしい戦闘になっているのかもしれない。

＊

こうなることはわかっていた！　自分はおろか者だ。交渉に応じたのがそもそもまずかった。ほかの者の言葉に耳をかたむけるべきではなかったのだ。

アルマダ作業工はブラスターで武装しているが、撃ってはこない。

わたしを生かしておくつもりなのだ。そのほうが都合がいいにちがいない。

目の前にトルロスが壁のように立って、ロボットから守ってくれている。

「作業工を近づけるな！」ナコールはトルロスに向かって叫んだ。「撤退するぞ」

先頭のアルマダ作業工がトルロスのところまできて、五本あるアームの一本をあげる。

巨大な者はその攻撃を防いでロボットに体当たりした。ロボットはほかのアルマダ作業工めがけて飛んでいき、みずから命中弾となってほかの五体を追いはらった。

「よくやった」ナコールは巨体を褒めた。

「弱いやつらです」トルロスは吐きすてるようにいった。

「作業工を甘く見るな」ナコールはそう警告すると、いくつかの橋をこえて走行キャビンに向かった。ドアは閉まっている。だが、キャビンまで数歩のところまでくると、ドアが急に開いてアルマダ作業工一体が出てきた。このロボットは反重力クッションで床を浮遊する薄くたいらなプレート形で、触腕のようなアームが数十本も上に伸びている。

ナコールは驚いて立ちどまった。このような敵とどう戦えばいいか、わからない。

しかし、トルロスはナコールを押しのけ、わきを抜けて、はげしく攻撃した。巧みにフェイントをかけ、作業工の腕をつかもうとすると見せかけて歩みよると、プレートの縁を踏んで、高く蹴りあげた。次のひと蹴りで、プレートは橋のわきにあるグリーンの液体のなかに落ち、音をたてて沈んでいく。ロボットが酸のプールから出ようとするあいだに、液体が泡だちはじめた。

「プレートはかたづきました」トルロスは報告した。

一瞬、それが思い違いだったように見えた。そのアルマダ作業工はもう一度すこしはねあがったからだ。しかし、そのあとなにか音がして、酸のなかに沈んでいった。

ローランドレのナコールは走行キャビンに乗ろうとしたが、そうすると罠に捕まって身動きがとれなくなるかもしれない。そこで、キャビンをのぼってこえた。その向こうに通路があり、走行キャビンがそれを通ってホールのなかに到達するようになっている。

トルロスがナコールのあとにつづいた。

「これに轢《ひ》き殺されたくない」トルロスはそういうと、キャビンを蹴った。キャビンはわきに滑って、ロボット同様にグリーンの液体のなかに引っくり返った。

ナコールは通路へ向かった。トルロスはあとにのこる。アルマダ作業工がきたら、また追い返すつもりらしい。

「くるのだ」アルマダ王子はトルロスに声をかけた。「作業工にかかずらうな」

トルロスは作業工一体を捕まえた。高く持ちあげて、床に投げ落とそうとするが、その動作がほんのすこしゆっくりだったので、やってきたほかのロボットに撃たれる。腕のところで火花が散って、袋状の皮膚が引き裂かれ、その下の金属部分が見えた。

アルマダ作業工は、自分たちが相手にしているのが生物ではなくロボットだと知ると、すぐにブラスターで撃ってきた。ビームはトルロスに命中し、巨体を粉々にした。

ローランドレのナコールは思わず立ちどまった。特殊ロボットが酸のなかに落ちて、その残骸から煙が出ている。

最初は転送機、それからトルロス……このアルマダ工廠で自分の運命は決まるようだ。

パルウォンドフのいうとおり、モゴドンを攻撃したのは間違いだった。

アルマダ作業工が追ってきた。通路の反対側のはずれに、さらに戦闘マシンがあらわれる。

二十メートルほどはなれたところにドアがある。ナコールはそこをめざして走り、急いでドアを開けて抜けると、それをうしろで閉めて、ブラスターで撃って溶接した。リードをひろげたかったからだ。

そのときようやく、自分が温室のようなところにいることに気づいた。酸のにおいが鼻をつく。

長い針金に巻きついた濃い青色の植物が、何本も天井まで伸びていた。鋭い棘《とげ》のある、洋梨のようなかたちの大きな実をつけている。

それは翅《はね》をもつ翼果《よくか》だった。

ローランドレのナコールは驚きと嫌悪感で立ちつくした。

この翼果から麻薬ができることは知っている。あらゆる種類の生物が数百万も犠牲になっていた。この毒は、多くの惑星で原住種族に対する武器として投入されたと聞いたことがある。かれは長いあいだ、この麻薬のかくれた発生源を探していたのだ。

ついにそれを見つけた。

しかし、遅すぎた。いまさらなにができるのだ？

このアルマダ工廠は魔女の厨《くりや》だ。ここで麻薬がつくられ、たくさんの者がその毒をのまされ、最後には殺される。

ほかにできることはなかった。せめてブラスターを一発お見舞いし、植物の一部だけでも焼いてしまおう。

わたしは銀色人と交渉しようとした。なにものも恐れない犯罪者と。あまりにおろかではなかったか？

ホールは湿気がひどく、暑かった。銃を撃ったあとは、さらに熱が身にこたえる。

ナコールは急いで植物の列を通りすぎ、温室の奥に向かう小道を見つけた。そこを走っていくと、わきにそれるべつの小道があった。ほっとした。アルマダ作業工があとを追ってきたとしても、ここなら見つからないだろう。こちらを発見する特殊機器を装備していないといいのだが。

皿ほどの大きさの甲虫が数匹、目の前を横切った。ナコールは驚いて立ちどまった。翼果とこの甲虫は一種の生命共同体なのだ。翼果に負けず劣らず危険な昆虫だ。甲虫の背中部分に突きでている細い針が見えた。その針にたとえ軽くでも触《ふ》れれば、生物は死ぬと聞いたことがある。

そのときから、植物のあいだや小道の上でのすべての動きに注意をはらった。ゆっくりと歩き、不必要な危険を冒さないようにした。

遠くからケチョの甲高い声が聞こえてくる。そのとき、ナコールは音もなく飛翔する一体のアルマダ作業工に気づいた。植物をくまなく捜索しながら、近づいてくる。

すばやく、葉の茂ったところに逃げこみ、しゃがんだ。これでロボットに見つからなければいいのだが。

そばでなにか音がした。

毒針を持つ甲虫二匹が、足のあいだにある穴のなかに這っていく。

ここは巣の入口なのだ。ナコールは愕然とした。

＊

エリック・ウェイデンバーンはペリー・ローダンを見つめ、いった。

「これ以上《バジス》にとどまるのは耐えられません」

「耐えるしかない」ローダンは答えた。「われわれ、工廠防塁を攻撃するのだ。あと数分で準備が完了し、部隊は戦闘を開始する」

「わたしはそのためにあなたのところにきました。でも、もう行かなければ。多くの搭載艇が射出され、それらは工廠防塁を突破するでしょう。わたしにも搭載艇を一隻、貸してもらえないでしょうか。防塁の向こうのなにかと連絡をとらなければならないんです。どうしても」

「それはきみの支持者か？」

「わかりません。もしかしたら、そうかもしれない。なにかがわたしを呼んでいます。

したがわなければならない心の声かもしれません」

「スペース＝ジェットを貸そう。ウェイロン・ジャヴィアが一機を割りあてるだろう」

数分後、ウェイデンバーンは格納庫に足を踏み入れた。なかにはスペース＝ジェットが一機だけとまっている。黒い肌の男がふたり、その前に立って待っていた。アルマダ炎を帯びたテラナーを見ても驚くふうはない。

「わたしは操縦士のボブ・テランス」ふたりのうちの大きなほうが自己紹介をした。二メートルを超える背の高さで、表情豊かな面長《おもなが》の顔をしている。「こっちは保安担当のジェナウ。無口な男だ」

それ以上は話さなかった。時間がないことはわかっていたからだ。やがて、四千隻の艦船からなる部隊が戦闘を開始した。数千基のエネルギー兵器が工廠防塁に向かって砲撃をはじめ、数多くのビームで宇宙要塞の防御バリアが光る。ロケット弾が工廠防塁で爆発し、防御システムに巨大な亀裂ができた。しかし、ウェイデンバーン、テランス、ジェナウにはまだなにも見えなかった。エアロックを出たスペース＝ジェットが、工廠防塁の周囲で起きている戦いのなかに飛びこんで、はじめてわかったのだ。

機内の男三人はおちついていた。自分たちにはなにも起こるはずがないと思っている。実際、スペース＝ジェットが相手の直接攻撃を受ける危険はごくわずかだった。工廠防塁の反撃は、まずは大部隊のほうに向けられていたからだ。そちらに攻撃が集中するあいだに、数千機の搭載艇は工廠防塁のすぐ近くまで前進できた。だが、そこで強力な防御バリアにぶつかった。それは通常の状態なら突破できない。

しかし、命中ビームがエネルギー壁に巨大な構造亀裂を開いたので、搭載艇の大部分は工廠防塁を突破した。

ボブ・テランスも構造亀裂を抜けることができた。ジェナウはさらに、スペース＝ジェットのすべての戦闘能力を目の前の開口部をひろげることに使った。

一瞬、スペース＝ジェットは押しよせるエネルギーの洪水で、波のなかのコルクのように揺れた。恒星のコロナのなかかと思うほどまばゆい光がエリック・ウェイデンバーンをとりまいた。両手でシートにしがみつき、計器類をじっと見つめる。

このようなことに巻きこまれてよかったのか？　自分はこれをそもそも克服できるのか？　スペース＝ジェットは粉々になってしまうのではないか？　このような状況下で自分たちの防御バリアは持ちこたえるのか？

命中ビームを受けるのではないかという不安に襲われる。グッキーとラスが多くの要塞を無力化して、自分たちの勝機をかなり高めてくれたことを思いだしても、なぐさめにはならなかった。自分を縛りつける不安に対して、なにもできない。命が惜しいのではなく、目標達成ができないことだけを恐れていた。

突然、あたりがしずかになった。明かりが消えて、ひと筋の光もない闇だけがちいさな艇をとりまく。

「われわれは突破した」ボブ・テランスはいった。

ジェナウが声を出して笑った。

「われわれだけではなく、ほかの数百の搭載艇もだ」操縦士は補足した。

「アルマダ工廠はどこにあるのだ？」ウェイデンバーンはたずねた。探知スクリーンを指さし、「どこにもなにもないじゃないか」

「アルマダ工廠ホルテヴォンでもそうだったらしい」テランスが答えた。「あらかじめ警告は受けていた」

テランスはコンピュータのキイをいくつかたたいた。すると、スクリーンにさまざまな数字と記号があらわれた。

「つまり、真ん前まで行ってはじめて、われわれはアルマダ工廠を探知し、見ることができる。工廠は特殊な対探知システムを持っているのだ」

エリック・ウェイデンバーンは、テランスが工廠防塁をかたちづくる球形外殻の中心に向かうコースをとったのを見た。

アルマダ工廠はこの外殻の中心にあるとしか考えられない。

数秒後、巨大な太鼓のような構造物が探知スクリーンにあらわれた。先ほどはなにもなかったように見えたポジションだ。

「これがアルマダ工廠だ」ボブ・テランスは勝ち誇ったようにいった。「見つけたぞ」

「宇宙船が一隻いる」ジェナウが補足した。しわがれてはいるが、非常によく響く声だ。

「その宇宙船に向かってくれ」エリック・ウェイデンバーンは要求した。「早く」

ボブ・テランスはかれを驚いて見つめた。

「アルマダ工廠に行きたいんじゃないのか？　あの宇宙船内にきみの支持者がいると思うのか？」

ウェイデンバーンはシートにもたれかかると、うなずいた。

「わかるのだ」

「セラン防護服を着用すべきである」ジェナウがすすめた。

ウェイデンバーンは立ちあがった。

「そうだな、そのほうがいい。セラン防護服はどこにあるのだ？」

「一着さしあげよう」武器専門家は約束した。

＊

シモーヌ・ケイムはエネルギー銃を握りしめた。アルマダ作業工が近づいてくる。どうやってアールン・ヴァルデッチとスティーヴン・ウォルを助けようかと、むなしく考えをめぐらせた。

「船長に連絡しろ」ジョト・マナエがいった。「ロボットをすぐに呼びもどさなければ、グーン制御装置を破壊するというんだ」

シモーヌはコンソールのところに急いで、数多くのスイッチ、モニター、機器類をなすすべもなく見つめた。

「どうやって船長に連絡するかわからないわ」当てずっぽうでいくつかキイをたたいてみる。

「情報媒体制御員のきみにわからないならば、わたしも助けることはできない」ジョトはうめいた。シモーヌの助けでやっとシートにすわり、なんとかからだを支えている。

モニターふたつが明るくなり、一ケチョの有柄眼があらわれた。

シモーヌはほっとしてため息をついた。

「返事が聞こえなければ、この装置を破壊するわ」シモーヌはジョト・マナエのほうを向いてそういった。相手に連絡がついたことを気づいていないように見せかけたのだ。

ジョトはこの芝居を理解した。

「気をつけろよ」警告した。「そのスイッチはだめだ！　それを押せば《イキューバス》は吹っ飛ぶ」

「やめろ！」よく通る声が聞こえた。「待て。なにもするな。こちらは聞こえている」

相《あ》いかわらずアルマダ作業工がヴァルデッチとウォルに近づいているのが見える。シモーヌは冷静に、おちついてカメラをにらんだ。

「アルマダ作業工を呼びもどしなさい」シモーヌは命令した。「すぐに。さもないと、大変なことになるわよ」

「ロボットは引きあげる」そのケチョはいった。「そう命令した」

情報媒体制御員は目をあげた。ヴァルデッチとウォルのところにほぼ到達していたロボット二体が、いつのまにか動きをとめている。まるで、なにか考えているようだ。やがて、ゆっくりとまわれ右をして、ふたたび男ふたりからはなれた。

「危機一髪だったわね」シモーヌは脅すようにいった。「悪い冗談はやめてちょうだい。そんなことをしても、どっちの得にもならないわ」

「冗談ではなかった」ケチョはシモーヌの言葉を理解せず、はっきりといった。

「あら、本当？」

シモーヌは相手をばかにしたように口をへの字に曲げて、シートにからだを沈めた。双子生物の前で安堵感をかくすのに苦労する。ついに交渉の場に立ったのだ。こちらの主張を通すために銃にたよる必要はもはやない。いまや、自分の知性を武器にできる。そちらのほうがはるかによかった。安全だからだ。

「われわれは代表団を送り……」ケチョははじめた。しかし、シモーヌはその言葉をさえぎった。

「あなたたちは当面、なにもしないで」つっけんどんにいう。

アールン・ヴァルデッチが動くのが見えた。宇宙信号士はくりかえし姿勢を正そうとしている。しかし、できなかった。足がまだいうことをきかないのだ。横に転がって、こちらに気づき、両手を振ってだめだといっている。

「あなたの具合はどう、ジョト？」

ジョトは立ちあがって、パラライザーで麻痺した脚をさすった。

「わたしは歩ける」

「それならばあのふたりを連れてきて」

ジョト・マナエは反論したかったが、自分といっしょに行く気はシモーヌにはまったくないとわかった。心ここにあらずの冷たい目をしているので、あえて逆らわない。

ジョトは当惑した笑みを浮かべた。

「母権制がどういうものかは、もちろん知っている。しかし、子供を産んでいない女が支配権を握る制度はなんというのだ？」

「さっさと行って」シモーヌはジョトをどなりつけた。「早く。それとも追っぱらわれたいの？」

ジョトは驚いて身をすくめた。シモーヌが冗談をいう気分でないらしいので、よろめきながら制御室を出ていく。

シモーヌはモニターの前にもどった。

「知っていると思うけど、まだ仲間がふたり外にいるの」シモーヌはいった。「このなかに連れてくるから、じゃましないでちょうだい」

「ふたりを連れてくるのに、いずれにしても外に出るのだろう？」ケチョはたずねた。

シモーヌは声をたてて笑った。

「ばかなこと訊かないで。もちろん出ないわよ。わたしはグーン制御領域を吹き飛ばせるボタンのそばにとどまるわ」

「われわれ、ジョト・マナエが外のふたりを連れてもどってくるあいだに交渉できる」

双子生物はいった。

シモーヌははっとした。これまで、こちらがなにものか、船の指導部は知らないと思っていたのだ。驚いたことに、名前まで知っている。

「待つわ」シモーヌは答えた。「こちらからなにかいうまで、交渉はしない」

シモーヌは、マナエがヴァルデッチとウォルのところに足を引きずっていくのを、スクリーンで見ていた。都市化員は四つん這いになって進んでいる。脚で立つことができなかったからだ。まずは宇宙信号士を助けようと、ベルトをつかんで引きずりあげた。ヴァルデッチはまったくなにもできない。スティーヴン・ウォルも自分自身では動けず、まわりで起こることを目で追っていた。

ジョトは間違っている、と、シモーヌは思った。まず最初にウォルを連れてこなければならない。助けになるからだ。

立ちあがって、ハッチまで急いだが、ジョトに間違いを指摘するのはあきらめた。ケチョはブラッフに引っかかっている。自分たちに危害はくわえないだろう。

ヴァルデッチが梯子のところまできた。シモーヌは駆けよると、ヴァルデッチを両手でつかみ、制御室まで引きずってきた。ジョト・マナエはスティーヴン・ウォルを連れてくるためにもどっていく。

「わたしたち、ケチョの首根っこを押さえているの」シモーヌはアールンにささやいた。「ケチョはこちらが制御装置を破壊できると思っているから、動きがとれないのよ」

ヴァルデッチは疲れはてていて、それに答えられない。ただ目くばせをして、わかったことを伝えようとした。

ゴールは目前だわ。シモーヌはそう思い、ジョト・マナエを助けようとハッチに向かった。こちらはケチョを掌握している。それは十万の人間の希望を意味するのだ。

7

ローランドレのナコールは、ますます近づいてくる甲虫を金縛りにあったように見つめた。慎重に避けようとしたが、べつの方向から同じように何匹か近づいてくる。

立ちあがって、上を見た。

逃げ道はこの有毒植物しかない。植物につかまり、はげしく揺すらないように慎重にのぼっていった。厚い葉が、こちらを捜索するアルマダ作業工の目から守ってくれる。しかし、新芽は薄くなめらかで、ナコールはくりかえし滑り落ち、葉や実をつぶした。乳白色の樹液が手の上を流れ、ますますつかみにくくなる。実の棘で肌が傷ついた。

果実のにおいが鼻をついて、独特の酩酊《めいてい》状態が生じた。突然からだが軽く感じられて、いまの状況もそれほど危険ではないような気がしてくる。だから、ゆっくりと植物を伝っておりていき、下を見た。なにかに注意しなければならないことを、かすかにおぼえていたからだ。

甲虫がいたが、それが針で襲ってくるまで、その危険を認識できなかった。

ちいさな矢のような針が恐ろしい勢いで空《くう》を切った。ナコールの頬のすぐそばで、一枚の葉に引っかかる。

アルマダ王子はかぶりを振った。思考力の麻痺を振りはらうためだ。

第二の針は上から飛んできた。とっさに頭を横に曲げたので、当たらずにすむ。

ナコールは果実を一個つかみ、甲虫に投げつけ、二匹に命中させた。昆虫はねっとりした果肉から逃れようと悪戦苦闘する。かれはそれを見て、声を出して笑った。さらにいくつか投げつける。しかし、このやり方では身を守りつづけられないことがわかってきた。しかも、命中するたびに甲虫は攻撃的になるようだ。下におりて、よろめきながら通路に出ると、一匹があとを追ってきた。こちらが逃げられないと知っているかのように、さらに迫ってくる。

ナコールは吐き気がして苦しかった。

果実と葉からひろがってくるにおいが原因だ。

立ちどまり、まわりを見まわした。甲虫がまだ這いよってくる。それはこれまで自分が見たどんな生物より醜くて、敵意が湧いてきた。ナコールは武器を向けて撃った。閃光で目がくらみ、思わず叫び声をあげてあとずさった。片手を目に当てる。

頭のなかでなにかがはじけたように、感覚が明晰になった。自分をとりまく危険がよくわかる。向きを変えると、小道沿いに走った。浮遊するアルマダ作業工が音もなく追ってくる。遅かれ早かれパラライザーで撃ってくるだろう。

終わりだ！　もう勝ち目はない。

勝ち目など最初からあったのか？

一歩ずつ足が重くなっていく。

あのアルマダ作業工はなにを待っているのだ？　こちらの状況は見ればわかるのではないか？

アルマダ工廠を襲撃すべきではなかった。転送機があれば工廠の中枢に行く可能性もあったかもしれないが、それもできない。まったくなにも達成していないのだ。

ドロノモンはいまどうしているだろう？　脅したとおり、仲間たちに殺されたのだろうか？　そもそも、かれらはパルウォンドフにだまされたと知っているのか？

立ちどまって、うしろを振り返った。毒の影響は薄れたが、まだふらふらする。

三十メートルほどはなれた植生のあいだをアルマダ作業工が二体、浮遊していた。そのレンズシステムがこちらを向く。監視していたにちがいない。さらに一体、四本脚の作業工が背後から近づいてきた。

ナコールはがっくりとして前を向いた。とりかこまれている。べつの方向からもアルマダ作業工が数体、近づいていた。

どちらに向かっていけばいいのか？

横の植生のほうに跳びこむか？　植物のあいだには甲虫がいっぱい這っている。

針に触れずに三歩と先に進めないだろう。四歩めできっと死ぬ。

胸が苦しくなった。

いいではないか？　なぜ死んではいけないのだ？　アルマダ工兵の手に落ちて、アルマダ第一部隊との交渉の切り札に使われるよりも、死ぬほうがましなのではないか？

アルマダ工兵はこちらを殺しはしない。死んだら使い道がないからだ。

やつらの計画をぶち壊さなければならない。

終わりにしてやる！　そう決心した。

ローランドレのナコールは侮蔑の笑みを浮かべながら、持っていたブラスターを投げすてた。もう必要ない。

それから、意を決して植物に向かって歩きだした。あと数秒の命だ。すぐに甲虫の毒針に刺されるだろう。

自分をすべての苦しみから解放する痛みを待った。

＊

エリック・ウェイデンバーンは何事もなくその宇宙船に移動した。

「だれも船内にいないか、それとも司令室が無人なのか、どちらかだな」ボブ・テランスがいった。結局、スタック提唱者に同行することを決心したのだ。

「あるいは、司令室が機能していないか」ウェイデンバーンは小声で答えた。

内側エアロック・ハッチが背後で閉まった。ふたりはいま船の内部へつづく輸送シャフトのなかにいる。床には規則的な間隔で反重力装置がそびえていた。運びこまれてくる貨物を遠くへ転送する装置だ。

セラン防護服姿のテランスとウェイデンバーンは、シャフトを抜けて浮遊していった。奇妙な興奮がウェイデンバーンをとらえる。船内にいるらしいなにものかのところにたどりつくのが、待ちきれないような気がした。

この宇宙船にはなにか特別なものがかくれている。テランスの予想のように、空っぽではけっしてない。心の声が自分をここに引きつけたのだ。望もうと望むまいと、かれはその声にしたがわざるをえなかった。

この船自体には関心がなかった。船はかれにとり、堕落した精神の道具以外のなにものでもない。スタックを見つけるには役だたないからだ。スタックとは宇宙空間における重力フィールド、あるいはプシオン・フィールドで、そこに到達すると、人間の生命は自然発生的にべつの存在形態になり、みずからを理解する。

これはべつの目的のために建造された一隻の船だ。だから、ウェイデンバーンの目的にかなうものではない。

しかし、ひょっとしたらそれが変わるのだろうか？

ウェイデンバーンはいっしょにシャフトで移動しているボブ・テランスを見た。黒い肌の大男は注意をうながすように片手をあげた。

「気をつけろ。この船ではあちこちにアルマダ作業工がいるし、非常に凶暴になる恐れがある」

「わかっている」ウェイデンバーンは答えた。「心配するな。注意はおこたらない」

「それならばいいが」

「わたしの頭がどうかしたと思っているな？　どうしてもこの船にきたがったから」

「その理由がはっきりしないことは、きみも認めるしかないだろう」

「わたしを導く心の声は信用できる。それはわかっているのだ」

ボブ・テランスは小さく口笛を吹いた。この見すてられたような船にきたことに意味があるとは思えない。それをかくそうとはしなかったのだ。

テラナーふたりが百メートルほどシャフト内を進むと、突然、二体のケチョが行く手にあらわれた。大声をあげながら殴りあっている。

テランスとウェイデンバーンは唖然としながらそれを見ていた。双子生物二体はたくさんの疑似肢と有柄眼をかたちづくって、争っている。アルマダ共通語を使っているので、テラナーふたりにも、なにをもめているかがわかった。

こみいった問題だ。双子生物の片方がもう一体の双子生物の片方を見初めて、相思相愛になり、優しくなでて愛情を表現したいと思っている。しかし、はなれがたくくっついているもう片方が、どちらも承知しない。ぜんぶで四体いる個々の生物が自分の主張と思いを訴え、ののしりあっているのだ。それぞれ疑似肢をくりだし、巧みに殴りかかる。フェイントをかけたり、高くはねたり、わきに跳びのいたり、でんぐりがえったり、あらゆるトリックを使って相手をやっつけようとしていた。それと同時に、ある一体は、間違った個体を相手に選んでしまった自分たちの運命を嘆き、これに対してそのかたわれは、べつの個体と生きなければならないと考えるだけで耐えられないと抗議している。

大きな声でののしりあい、嘆き、殴りあうケチョ二体は、ふたりのテラナーに気づかず、ハッチの向こうに姿を消した。

「わたしが正しく理解していればだが、二体のうちの一体が逆立ちすればいいんじゃないか。そうすれば、もう片方といちゃつける」ボブ・テランスは唖然としていった。

「ばかばかしい」ウェイデンバーンは答えた。「きみはそもそもなにもわかっていないな。こういうのはたいてい心の問題なのだ」

「まあいい」操縦士はため息をついた。「いずれにしても、喧嘩してくれるほうが、こちらを襲撃してくるよりましだ」

シャフトの壁ぎわに置いてあるいくつものコンテナのあいだから、だらしない格好の男がひとりあらわれた。コンテナのひとつにつかまり、こちらを手招きしている。

「きみたちはテラナーだな」男はいった。頰がこけて、やっと立っているように見える。エリック・ウェイデンバーンはセラン防護服のヘルメット・ヴァイザーを開けた。相手に自分の顔がわかるようにだ。

「もちろんわれわれはテラナーだ」

だらしない外見の男はウェイデンバーンに両手を伸ばしてきた。目を輝かせて見つめる。

「エリック……ウェイデンバーンか」つかえながらいった。「きっとそうだ。われわれがあんな仕打ちをしたのに、われわれのところにもどってきてくれた。もう行かないでくれ。ここにいてほしい。あんたとその力が必要なんだ」

「どこにも行かない。きみはだれだ？」

「わたしはオレス・トルプ。エリック・ウェイデンバーンだろう？　もうそろそろ、そうだといってくれ」

「もちろんそうだ、オレス。ほかにだれだというのだ？」

奇妙な感動がウェイデンバーンを襲った。なにか大変な目にあったらしいこの男に、なぜか引きつけられる。

「船内はどうなっているのだ？　きみはひとりか？　ほかの者はどこにいる？」

ウェイデンバーンは前かがみになり、その薄い水色の目を細めた。トルプの答えが待ちきれない。ボブ・テランスは、ウェイデンバーンの失望するような答えが返ってくるのではないかと不安そうだ。

しかし、オレス・トルプの口から出た言葉はウェイデンバーンが待っていたものだった。

「全員、この《イキューバス》にいる。十万人くらいだ。みな、あんたを待っている」

＊

工廠防塁からアルマダ工廠へジャンプしたラス・ツバイとグッキーは、アルマダ作業工の部隊のどまんなかに実体化した。ロボット数体がすぐに跳びかかってきて、ふたりを床に投げとばそうとする。

だが、ロボットはセラン防護服のバリアを突き破ることができず、はじきとばされた。グッキーがついでにテレキネシスでロボットを反対方向へ向け、銃撃できなくする。それから勢いよく壁に向かって飛ばしたあと、解放した。

アルマダ作業工は音をたてて床に墜落した。大半はもうスクラップでしかない。それでも二体が起きあがり、武器アームをラスとグッキーに向けた。だが、作動させるひまはなかった。ネズミ＝ビーバーがかなりのスピードで二体を上昇させ、天井にぶつけたからだ。

「これでよし」あとからの二体も前のアルマダ作業工の上に山積みになり、グッキーは満足げだ。「さ、どうする？」

「司令本部にジャンプする」と、ラス・ツバイ。「この工廠のことがなにかわかるとすれば、そこしかない」

「そんなにあわてることないよ」イルトは反論した。「ここにはなんかある。ちょうどいま、いくつかの思考をとらえたんだ」

「だれの？」

グッキーはヘルメットを開いて、顔を掻いた。

「それほどはっきりとはわかんない。いずれにしても、だれかがアルマダ王子のことを考えてるぜ」

「きみが考えているんじゃないのか？」ラスはからかうようにいった。

しかし、ネズミ＝ビーバーは笑わなかった。真剣に友を見つめて、小声でいった。

「だれかが死にかけてる。このすぐ近くだ。行こう」

グッキーはラスがさしだした片手をとると、一機械室にテレポーテーションした。そこでは、幅のひろいくちばしと大きく垂れさがった涙嚢を持つちいさな鳥生物が床に横たわっていた。

「かれの名前はポレスだよ」

グッキーはそうささやいて、瀕死の者のそばにすわりこむ。ひと目で手遅れだとわかった。ポレスは胸に大きなやけどを負っている。どうやらブラスターのビームが命中したようだ。そもそもまだ生きていることが奇蹟だった。

ポレスはグッキーを見た。目に光がもどるのにしばらくかかった。

「きみはだれだ？」ポレスは自分以外にだれかいることを知り、鳥のような鳴き声をあげた。

「友だよ」イルトは答えた。

「かれを助けてやってくれ」ポレスはたのんだ。「かれが助けを必要としているのを感じる。かれひとりではどうにもならない。もう転送機を持っていないのだ」

ネズミ＝ビーバーは鳥生物の思考のなかにそっと入りこんで、話の筋をつかんだ。

「わたしは転送機を見つけられなかった」瀕死の生物は訴えた。

「心配いらないよ」グッキーはいった。「ローランドレのナコールはぼくらが助ける」

「ありがとう」ポレスはささやいた。頭がわきにかたむく。死んだのだ。

「まるでぼくらを待ってたみたいだ」グッキーは驚いた。「それだけが気がかりだったんだね」

「われわれがここにくるかどうか、わからなかっただろうに」

「もちろんそうさ。それでも待ってたんだ」

ラスは友を探るように見つめた。

「ローランドレのナコールとは何者だ？」

「アルマダ王子だよ」イルトは答えた。

「われわれ、その者のためになにができる？」

「そのうちわかるさ。どこにいるかはまだわかんない。思考を探知できないんだ。でも、仲間の反乱者の思考をとらえたよ。アルマダ工兵ひとりを人質にしてる」

「なるほど」ラス・ツバイはほとんど理解できないが、いちおう答えた。「それなら、やることは決まった。行こうか？」

「もちろん。反乱者のところへ」

グッキーは友の手をとって、いっしょに一ホールにテレポーテーションした。ここでアルマダ反乱軍が、襲いかかってくるケチョとアルマダ作業工相手に必死で戦っているはずだ。

「やつを殺せ！」数百のちいさな足で前進するキノコのような一生物が叫んでいた。

「銀色人はわれわれを裏切った。ドロノモンを殺せ！」

ホールの高いところにある透明パイプ数本のあいだにさがったキャビンに向かって、

両のこぶしを脅すようにあげている。キャビンのなかにはアルマダ工兵が一名と、昆虫生物が二名いた。その二名からブラスターを向けられている銀色人は完全に無表情だ。だが、かれが手をすこし動かすと、黄色い煙がキャビンのなかにひろがり、見張りの二名はくずおれた。

輸送プラットフォームが一基、大きな音をたててホールの壁を打ち抜き、キャビンに突進してきた。アルマダ反乱軍はブラスターでその輸送機を撃ったが、プラットフォームはすでにバリアを構築していた。ブラスターでは歯が立たない。

銀色人は挑発的にゆっくりと、キャビンからプラットフォームに乗り換えた。こぶしを腰に当てて、アルマダ反乱軍を見おろす。ばかにしたように手を振り、指を鳴らした。反乱者の努力がむだだったことを見せつけたのだ。銀色人は輸送機にすわり、方向転換して、プラットフォーム自身がつくった開口部から姿を消した。

「ほっとけ」ラス・ツバイはいった。グッキーが銀色人を連れもどそうとしたときだ。「あいつは必要ない」

反乱者の数名は怒って大声でわめき、銀色人の背後から銃撃した。一方で、ケチョやアルマダ作業工との戦いをつづける者もいる。

「まずいな」ラスは確認した。「銀色人のせいで気が散ったのだ」

反乱者が何名も致命傷を負っていた。発砲しながら前進してくるアルマダ工廠の戦士は、いまやはっきりと優位に立っている。

しかし、このときネズミ＝ビーバーが介入した。

突然、アルマダ作業工が空中で旋回し、そのあいだに自分たちの陣営に砲火を向ける。ケチョは長い列になって大きな容器に向かって飛んでいくと、そのなかに消えた。音がして容器の蓋が閉まる。あとを引きついだほかのアルマダ作業工は、前のロボットと同じ運命になった。天井に向かって上昇したと思ったら、かなりのスピードで床に墜落し、たがいを打ちのめして破壊する。グッキーのテレキネシスの力だ。

アルマダ反乱軍はうろたえて武器をおろした。なにが起きたかわからないようだ。やがて、そのなかの一名がラスとグッキーに気づいた。

「そこにまだ二名いる！」その者は叫んだ。

「撃たないでくれ」アフロテラナーはたのんだ。「それとも、アルマダ作業工に次の攻撃でもっと成果をあげてほしいのか？」

「では、きみたちがロボットを破壊したと？」反乱者はたずねた。長い角一本を持つ四本脚生物、モンセロだ。

グッキーはモンセロをそっと持ちあげて、数メートル先に浮遊させてから、ふたたびおろした。

「これでわかっただろ？」グッキーはたずねた。

かれは「急がないと。」ラス・ツバイは叫んだ。「ローランドレのナコールはどこだ？ 窮地におちいっている。助けなければならない」

8

「ほかの者がどこにいるか教えよう」オレス・トルプは熱心にいった。「ここからさほど遠くないホールにいる。しかし、そのほとんどが監禁されているのだ。われわれ、動物のようにかこいのなかに押しこまれ、全員が注射された。血管のなかに極小共生体を入れられたというのだが、わたしは信じられない。想像できないんだ」

トルプはすすり泣きながら、ウェイデンバーンの手をとった。

「ほかの者にあんたの顔を見せたい。行こう」

「友たちに会えれば、もうなにもいらない」ウェイデンバーンはいった。

「それならば、わたしは帰っていいな」ボブ・テランスはいった。「それとも、まだわたしが必要か？」

エリック・ウェイデンバーンはためらった。

自分の支持者たちとの最後のやりとりを思いだす。じつに不愉快な出来ごとだった。また同じようなことがくりかえされるのか？

違う！

いまはすべてがまったく変わった。自分の考えが正しかったという確信を持って生きている。スタックは大いなる目標であり、それは変わらないだろう。自分は支持者をそこへ導くのだ。

「ありがとう、ボブ」ウェイデンバーンは答えた。「オレス・トルプのいったことをわたしが正しく理解したとしたら、この船内にはたくさんの友がいる。帰っていい」

「それならば、失礼する」ボブ・テランスはウェイデンバーンに向かってうなずく。防護ヘルメットを閉めて、セラン防護服姿でそこから出ていった。

「行こう」オレス・トルプはいった。「それほど遠くない。こっちだ」

ウェイデンバーンはトルプのあとについて通廊を進んだ。一ハッチがかすかな音をたてて開き、スタックの提唱者はひろいホールに足を踏み入れる。なかには数千の人間がひしめきあっていた。

ウェイデンバーンは開いているハッチのところで立ちどまり、セラン防護服を脱いだ。

「エリックだ！」だれかが近くで叫んだ。「エリックがもどってきた！」

その声がひろがっていく。最初はホール内がしんとして、それから歓声が沸き起こった。みなエリック・ウェイデンバーンをひと目見ようと、前に押しよせてくる。自分たちがかれにどれほどいやな思いをさせて追いだしたか、忘れたようだ。

《イキューバス》の捕虜たちはウェイデンバーンを見なおしていた。エリック・ウェイデンバーンはふたたびかつてのカリスマ性をとりもどしたのだ！ 成就とスタックを、支持者のために呼びよせられる人物として。

「そこへ！」オレス・トルプはまわりの声にかき消されないように叫んだ。「そこの演台へ。全員があんたを見たがっている」

トルプはウェイデンバーンをさらに押しだした。ほかの多くの者も手伝って、スタック提唱者を演台に連れていく。ウェイデンバーンは壇上にあがり、いまやホールにひしめいている群衆を見わたした。驚いた。多くの者が疲れはて、やせ細っている。

歓声が波のように押しよせてきた。

まるで、ウェイデンバーンの歓迎のためにこのホールに集まったかのようだ。

ウェイデンバーンは短く挨拶をした。あらたに歓声が巻き起こり、話をつづけようとしてもできない。みなその帰還を祝い、まさに歓喜に酔っていたからだ。

ハッチからますます多くのウェイデンバーン主義者が押しよせてくる。

自由へと突き進む十万人の行進をとめることは、なにものにもできないのだ。ウェイデンバーンがかつてのカリスマ性をとりもどしただけで、アルマダ工兵は勝負に負けたかのようだった。

「消せ！　もう終わったことだ」クセルゼウンはショックを受けていった。《イキューバス》のカメラが自動中継している映像を見たときだ。

＊

「ほう、そうなのか？」パルウォンドフは、ぶじにもどってきたドロノモンに挨拶してから、たずねた。「現在われわれがかかえている問題が、たったひとつある。ローランドレのナコールだ。まだこちらの手に落ちていない」

クセルゼウンはパルウォンドフの理性を疑うかのような目で見た。

「たったひとつだと？　わたしには問題だらけとしか思えないが。あのウェイデンバーンが《イキューバス》に進入し、支持者は歓声をあげて迎えている」

「だから？」パルウォンドフはいった。「なにか文句があるのか？　ウェイデンバーンがあらわれたら、かれらはもう戦わない。それに、数兆共生体のことを忘れたか？」

「銀河系船団の一部がわれわれを攻撃してきた。数多くの小部隊が工廠防塁を突破して、アルマダ工廠に到達している。かれらはここまで侵入して、われわれの戦いをかなり困難なものにしているのだぞ」

「だから？」パルウォンドフは平然と挑戦的にくりかえした。「どっちみちモゴドンを維持するつもりはなかった。われわれの目的はアルマダ第一部隊だ。われわれはアルマダ工廠をはなれて、《イキューバス》で出発する」

クセルゼウンはうろたえてパルウォンドフを見つめた。

「よくそんなにおちついていられるな？　われわれが探知しているのは銀河系船団の宇宙船だけではない。まだほかの部隊もいる。この銀河からのものとしか考えられない」

「それもなんとかなる。だれがそれらの部隊をわれわれにけしかけているとしても、かなり長く眠っていたようだ。こちらを本当に困らせるほどはっきり目ざめてはいない」

「そうだといいのだが」クセルゼウン同様に心配しているカルワンホフがいった。「われわれはこれからどうすれば？　なにかしなければならない。ただ待っているだけでは、負ける」

「なんと正しい意見か」クセルゼウンは軽蔑するように答えた。「《イキューバス》で出発するといったばかりではないか」

「それで、ローランドレのナコールは？」

クセルゼウンはたくさんのスクリーンのひとつを指さした。

「目を開いているのだったら、かれが窮地におちいったことがわかるだろう。数分もあれば、われわれの手に落ちる」

「出発しよう」パルウォンドフは決断した。「アルマダ作業工に命令し、すぐにナコールを捕虜にして《イキューバス》に運ばせるのだ」

「わたしがやろう」クセルゼウンは答えた。

「ナコールを捕まえられなかったら、どうする?」ドロノモンはたずねた。

「そうしたら、かれなしで出発しよう」パルウォンドフは答えた。

＊

「ウェイデンバーンだ! エリック・ウェイデンバーンが船内にいる!」スティーヴン・ウォルは大声でいった。

分別を失ったかのように、てのひらでコンソールをたたいている。

「きっともどってくると思っていた」

シモーヌ・ケイム、アールン・ヴァルデッチ、ジョト・マナエもうれしさでいっぱいになる。突然によろこびが訪れた。ウェイデンバーン主義者のほとんどがいるホールの映像がモニターにあらわれたときだ。しかし、情報媒体制御員は最初におちつきをとりもどした。

「よろこぶのはほどほどにしておきましょう。エリックがここにいるのはうれしいけど、それでわたしたちの状況がよくなるわけじゃないわ。いまだに捕虜のわずかしか解放されていないし、《イキューバス》も掌握できていないじゃない」

「それじゃ、きみはわかってないのか?」ジョト・マナエはにこやかにほほえんだ。

「なんのことだか、まったく」シモーヌは答えた。

「エリックは自分の登場によって全員を解放しようとしているんだよ」

アールン・ヴァルデッチは声を出して笑った。

「エリック・ウェイデンバーンはどこか外からきたはずなんだ、シモーヌ。もしかしたら、銀河系船団の艦船からかもしれない」

「そんなことはどうでもいいの」シモーヌは力をこめていった。ほかの者がより安全を感じれば感じるだけ、自分をおさえてよそよそしくなっていく。「注意しなければ、わたしたちはまたすぐに監禁されるわ」

「ばかなことをいうな、シモーヌ」ジョトはほほえむと、シモーヌの肩に腕をまわした。今回はふざけているわけではないし、皮肉でもないようだ。シモーヌはそのままにしておいた。「終わったんだ。われわれは全員、解放されるだろう。現実を見てごらん」

彼女はシートにすわって、ホールのなかを見た。しずかだ。アルマダ作業工はどこにも見えない。グーン制御領域には単純な修理ロボットさえいなかった。自分は心配しすぎなのだろうか？　すこしおかしくなっているのだろうか？

「あなたのいうとおりかもしれない」シモーヌはため息をついた。

「わたしはエリック・ウェイデンバーンのところに行く」ジョト・マナエはいった。

「ここにいてもしかたがない」

「いまじゃなくてもいいじゃない」シモーヌは抗議した。

「それじゃ、いつならいいんだ？　まだわからないのか？　《イキューバス》はわれわれの手中にあるんだ」

ジョト・マナエはキャビンをはなれ、ちいさな橋を通って出ていった。スティーヴン・ウォルがそのあとにつづく。アールン・ヴァルデッチもいっしょに行こうとしたが、シモーヌが引きとめた。

「だめよ。あなたはここにいて」

ヴァルデッチはほほえみながらシモーヌを見つめた。

「わからないのか、シモーヌ？」妙にしずかな口調で、現実ばなれした感じだ。「わたしはウェイデンバーンに会わなければならない。その声を聞かなければならない。自分をおさえられないんだ」

シモーヌはあきらめた。どんな言葉も効き目がないのがはっきりとわかった。アールンは自分の手のとどかない世界にいる。がっかりしてシートにすわりこみ、男たちがホールの出入口に到達するまで目で追った。三人は笑いながらハッチを開けている。

シモーヌは息をのんだ。三人が立ちどまったのだ。その奥の、あちこちに置かれた装置の陰から、アルマダ作業工が二体出てきた。通廊ではケチョ二体が待っている。全員、ブラスターを男三人に向けてかまえていた。男たちは手をあげて、降伏した。アールン・ヴァルデッチは振り向いてシモーヌのほうを見あげた。両手を大きく開いてすまなそうにしている。

シモーヌは必死で涙をこらえた。祈るようにしっかりと合わせた両手は小刻みに震えている。目をあげることなく、前に身をかがめて、数分間その姿勢をとりつづけた。そのときふと、スクリーン上のある動きが目についた。

大きなホールはしずかになっていた。武装したアルマダ作業工がそこにいる男女を追いたてて、歩かせている。エリック・ウェイデンバーンも連れ去られた。だれも抵抗しない。捕らえられた者たちは抵抗という能力を失ったかのようだった。

「なぜ、抵抗しないの？」つかえながらシモーヌはいった。「なぜ？」

ホールにはしだいにだれもいなくなっていく。

自由なのは自分だけらしい。苦難はまだ終わっていなかった。いますぐにでも数兆共生体の影響が出るかもしれない。捕虜たちがかたちのない生体物質になるのを、だれが阻止するのだ？

エリックさえこなかったら……絶望的な気持ちだった。

だが、やがて自分がまだ《イキューバス》のなかでいちばん有利な場所にいることを思いだした。グーン制御領域の機能を停止させて、大混乱を起こすことができる。

シモーヌは興奮して唇を噛んだ。

あの船長に教えてやろう。すでに勝ったと思っていたら、大間違いだと。

しかし、疑似腕でブラスターをかまえたケチョ二体がハッチのところに立っていた。漏斗状の銃口のまわりに虹色の光が揺らめいている。

「わかったわよ」シモーヌはいった。「あきらめるわ」

彼女は自分の銃を床に投げて、両手をあげると、橋に向かった。

＊

ローランドレのナコールは毒針を持つ甲虫一匹を見ていた。足から二センチメートルとはなれていない。

なぜこの虫は毒矢を発射しないのか？

「もどりなさい」アルマダ作業工の一体が命令した。「すぐに」

「絶対にもどるものか」アルマダ王子は答えた。

甲虫が攻撃してこなければ、こちらからするつもりだった。しゃがみこんで、身がまえる。力いっぱい手を甲虫に振りおろした。

しかし、痛みを感じない。手は音をたてて柔らかい地面に当たった。

驚いて自分の手を見おろす。甲虫は姿を消していた。

どこにもその危険な昆虫はいなかった。まだすくなくとも七匹、そこにいたのに。

空中で消えたわけはないだろう。

幻覚だ、と、かれは気づいた。麻薬の影響で、そこにはないものを見ているのだ。

ゆっくりとからだを起こし、ためらいがちに立ちあがる。そのとき、武器をかまえていたアルマダ作業工が突然、速度をあげて天井に上昇し、茂った植物のなかに消えた。ぶつかる音がしたと思うと、高いところからロボットの破片が落ちてきて、はげしく燃える胴体部分がホールの奥に飛んでいった。

ナコールからほぼ十メートルはなれたところで、べつのアルマダ作業工二体がたがいに向かって突進している。衝突後、ばらばらになって動かなくなった。

アルマダ王子は驚いて、あとずさりした。

どこからともなく突然、一本牙《きば》の目立つ毛皮生物があらわれ、隣りに立った。宇宙服を身につけていたが、ヘルメットは閉めていない。

「やあ、ナコール」その生物は甲高い声でいった。「どっかにまだ、でかぶつの工事屋がいるかい？　ぼくが飛び方を教えてやるんだけど」

毛皮生物はアルマダ王子の手をつかんだ。

「ぼくら、姿を消すぜ。あんたがばかなことを考えないうちに」

ローランドレのナコールは、はしるような痛みを感じた。植物が目の前から消えたと思うと、ふたたびアルマダ反乱軍のなかにいた。

いよ」

「アルマダ王子はぶじだってことを、みんなに見せたかっただけさ」ちいさな生物はいった。「これからかれを《バジス》に連れていく。あんたたちはそのあとだ。信じていいよ」

ローランドレのナコールはなにかいおうとしたが、ネズミ＝ビーバーはふたたびテレポーテーション。ふたりはいっしょに《バジス》の司令室にジャンプした。

「紹介するよ」と、グッキー。「こちらはアルマダ王子、ローランドレのナコール」

それからセラン防護服の襟を正して、

「ナコール、こちらはペリー・ローダンだ」

アルマダ王子は司令室のまんなかに麻痺したように立っていた。ローダンとグッキーの隣りにはさらに《バジス》の幹部乗員がいる。いまからでも遅くない、自殺しようかと、ナコールは思った。危険な敵の手に落ちたのだろう。

「敵だって？」グッキーは叫んだ。「違うよ、ナコール、絶対に違う」

アルマダ王子は身をすくめた。自分を救ったちいさい者は思考が読めるのだ。

「ここはどこだ？」

「銀河系船団の指揮船《バジス》のなかだ」ローダンは答えた。「ようこそ」

「ちょうどまにあったよ」イルトは報告した。「かれ、銀色人に追いつめられて、自殺しそうだったんだ」

「銀色人はわれわれの共通敵だ」ローダンは説明し、ローランドレのナコールにすわるようにすすめた。自分をとりもどす時間をアルマダ王子にあたえなければならない。

ローダンは慎重にナコールと意思疎通を試みた。この男にひと目で魅了されていた。自分の人生に運命的な意味を持つ者かもしれない。シグリド人ジェルシゲール・アンがいつも話していたことを思いだす。それによれば、ナコールは不死で、考えられないほど長い時間、アルマダ反乱軍をひきいているという。

ローダンはナコールに、自分たちがアルマダ工廠を攻撃した理由と、どのような成果があったかを説明した。そのあいだに報告が入った。反乱軍メンバーの大半は救助されて、《バジス》に向かっているという。

謎に満ちた複眼のひとつ目は、司令室にいる全員の心を引きつけたようだ。ローランドレのナコールもしだいにペリー・ローダンに信頼をいだきはじめていた。

「アルマダ工兵はまだモゴドンにいる」ローダンはいった。「だまされてはいけない。かれらがそこにとどまるかぎり、なにも終わらない……」

最後まで話さないうちに、ラス・ツバイがあらわれた。

「《イキューバス》がたったいま出発しました。驚きますよ。こちらがなにかする前にいなくなったんです。エリック・ウェイデンバーンもいっしょに姿を消しました」

「十万人の支持者もね」グッキーが補足した。

ローランドレのナコールが身を起こした。

「それなら、アルマダ工兵は逃げたのだ。モゴドンをはなれたということ。目的地はアルマダ第一部隊かもしれない。そんな予感がする」

モゴドンから救出された最初のアルマダ反乱者たちがついに《バジス》の主司令室にあらわれて、ローランドレのナコールとうれしそうに挨拶をかわした。ナコールはペリー・ローダンに招待を申しでた。

「あなたがわが故郷に同行してくれたらうれしい」アルマダ王子はいった。「わたしといっしょにローランドレに、すなわちアルマダ中枢に行ってくれ。遅かれ早かれ、アルマダ工兵はそこを攻撃するだろう」

「ことは動きだした」ローダンは答えた。「銀色人はアルマダ中枢、すなわちアルマダ第一部隊へ行こうとしている。こっちはそれに先がけよう。招待に感謝し、つつしんでお受けする。われわれ、すべてのクラン艦隊および銀河系船団をひきいてローランドレに同行しよう。惑星バジス＝1の基地は閉鎖する。さっき話して聞かせた、アトランという男のために、バジス＝1にはニュース・ゾンデをのこしておくつもりだ」

「感謝する」ローランドレのナコールはいった。「わたしはすでにあきらめていた。しかし、いまはふたたびいい方向へ向かうと信じることができる」

災難ナンバー3

マリアンネ・シドウ

登場人物

クス・ファン……………………………パルシネ。《布教1号》乗員
ク・ウェル………………………………同。《布教1号》船長
クス・ホウ………………………………同。《布教1号》乗員。科学者
ル・フス…………………………………同。クス・ファンの友
災難ナンバー3…………………………雌のヒール

プロローグ

超越知性体セト＝アポフィスはメンタル・ショックで意識を失っていた。だから長いあいだ、セトデポで起きている出来ごとに対して反応することができなかったのだ。しかし、いまはしだいに覚醒しつつある。それと同時に〝難船者〟としての記憶も目ざめはじめていた。

難船者にとっては長く苦痛に満ちたプロセスだった。メンタル・ショックと長時間の意識喪失により、かつていたところへ記憶がもどったようだ。難船者はいま、グレイの縞《しま》模様におおわれた奇妙な世界で、最終的な覚醒を前にしてまどろみながら、何百万年も前に起こったことを思いだしていた。

すべてがはじまった、あのときのことを……

1

パルシネ種族は万物の長《おさ》である。それを疑う者は、愚鈍かあるいは狂気かのどちらかだ。パルシネならだれでも知っているし、クス・ファンもそう確信している。だから、きょうの評議会でク・ウェルの新プロジェクトをきびしく批判しようとかたく決意していた。

クス・ファンは評議会ドームへの幅ひろい斜路をのぼりながら、頭に浮かんだすべての論拠をもう一度まとめてみた。かなりの数になる。ドームの出入口まできて、ガラスの扉にうつった自分の姿を見たとき、急にもうひとつ論拠を思いついた。驚いて立ちどまる。なぜもっと早く、これに気づかなかったのだろう？

パルシネ種族の体形が理想的なことだ。これはだれも否定できない。まずはそのおかげで、知性体に発展する機会を見つけたのだから。胴体に当たる部分は半球形で、上に向かって湾曲している。柔軟性があり、一時的に変形も可能だ。たいらにひろがることも、長く細くなることもできる……それだけでも、数すくない天敵を困惑させて逃げるのに充分だった。胴体上部はこの惑星、フェルデルクセンの空のような薄青色。これに対して、胴体下部とそこから下に突きでる十六本の肢は、惑星の植生のような赤褐色だ。パルシネの始祖は、はじめは木々の梢のなかで生活し、のちに草地におりた。そのさい、この色のおかげでかんたんに獲物に近づくことができたし、天敵にやられることもめったになかった。胴体の上半分にある感覚器官は体内に引っこめることができるので、敵との戦いで負傷する危険も減る。そしてなんといっても、好きなように伸縮可能な十六本の肢、つまり触腕があるのだ。どれも同じように機能し、移動はもちろん、装置や道具の操作もできる。

パルシネが知っているほかの生命形態は、どれも理想的とはほど遠い。まだそれほど完璧でなかったとはいえ、すくなくとも完璧に向かうそれなりの兆《きざ》しはあったパルシネの原形をのぞけば、ほかの生命形態はあまりにひどくて、そもそも種の存続など不可能だと思えるほどだ。もちろん、みな生きのびてはいる……たとえば、恐ろしいほどの多産性を持つ生物を見ればすぐにわかる。ヒールがいい例だ。自分たちの死亡率を補う数だけ、つねに産むことを強いられている。生きのびるため、たえず戦わなければならず、数を増やさなければならないのだ。そうなると、この世の意味を考える時間など、もちろん見つけられない。どうすれば知性を発達させる機会が持てたというのだろう？パルシネはすでに宇宙船を数多く送りだし、ウクス＝フェルドⅡ銀河の何十もの星系を調べていた。いくつかの惑星では知性体らしきものも発見した。だが、パルシネの信仰に帰依《きえ》させることはできなかった。そもそも、その体形からして、パルシネの理想とする教えを理解できないのは無理もないことではないか？

評議会の開始の鐘が鳴りだした。クス・ファンは鏡にうつった自分の姿のことは忘れて、ドーム内へ急いだ。

ほとんど遅刻寸前だ。それで不機嫌になった。ク・ウェルはすでに演台に立って、報告を終えようとしている。だが幸運なことに、クス・ファンはク・ウェルの論拠の裏も表も知りつくしていた。だから、報告を聞かなくても異議を申したてるのは可能だろう。クス・ファンは衝突を望んでいない。その反対で、できれば〝巣兄弟〟との争いは避けたかった。ク・ウェルが好きだからだ。しかし、クス・ファンは模範的なパルシネだから、私的な感情のために種族の利益をおろそかにすることなどできない。

ク・ウェルがスピーチを終えると、クス・ファンは数本の触腕で立ちあがった。演台に向かって急ぐ。そこには自分以外にも、ク・ウェルに反対して抗議しようとする大勢のパルシネがいるだろうと思っていた。

ところが、驚いたことに自分が一番乗りで、見おろせば、鉢形シート間の通路や斜路にはだれもいなかった。

「つまり、みな当然わたしにまかせようと思っているのだ」と、クス・ファンはひとりごちた。「だから、まずはわたしに話をさせようとしている。なんという、配慮がいきとどいた礼儀正しい態度だろう！」

かれは威厳に満ちたおちついた態度で演台に進みでて、ク・ウェルの論拠を徹底的に批判した。

状況はかんたんで、全体像はすぐに把握できる。長い歴史を持つパルシネは、賢明で完璧な種族だ。当然のことながら、絶対的に正しい最高の理論を発展させてきた。パルシネは宇宙の意味を知っているから、これが非常に重要な理論であることは疑問の余地がない。自分たちの教えをひろめてべつの種族にもなじめるようにするならば、それは全宇宙にとってよろこばしいことだと、多くのパルシネはかたく信じていた。このような使命感で、宇宙航行の問題に関わることになったのだ。もちろん、それに関する困難は早い時期にすべて解決している。だがそうなると、ほかの種族はけっしてパルシネとその教えを歓迎しないことを思い知らされた。おろかな生物たちは、パルシネがいかに価値ある知の至宝をかれらに授けようとしているか、まったく気づいていなかったのだ。

クス・ファンだけでなく、こうした遠征に参加したほかの多くの者も、自分たちの惑星にとどまって宇宙の秘密により深く浸っているほうが、満足感を得られるという結論に達した。外をあちこちめぐってもなにも得られなければ、なんの意味があるのか？　よりにもよってこのような状況下で、もっと大きい船の建造をク・ウェルが提案したのだ……そう、巨大船である。ウクス＝フェルドⅡ銀河内だけでなく、宇宙のはるか遠くまで行けるものでなければならない。ウクスフェルドの教えを大きくひろめるためだ。

ウクスフェルドとは、パルシネが獲得した比類なき認識をしめすキイワードで、かれらが神のように信じている概念である。〝すべての真実と意義はちいさきもののなかにひそむ〟という考え方だ。それがパルシネの知恵の要《かなめ》なのだ。

クス・ファンがもっとも強調する論拠は、この教えの要そのものに関わる。

「われわれは宇宙に進出するのでなく、むしろフェルデルクセンにとどまるべきだ」クス・ファンは同胞に呼びかけた。「教えにしたがって、ちいさきものをさらに探求し、知識を深める努力をしなければならない。それとも、われわれがすでにちいさきものの最後の秘密に到達したと思う者が、このなかに一名でもいるか？」

評議会ドーム内はしずまりかえった。パルシネ種族はふだんはけっこうおしゃべりなのだ。それを考えれば、この静けさはひどく重苦しいものだった。しかし、クス・ファンは同胞の沈黙を感動のあらわれだと思って、言葉をつづけた。

「われわれパルシネは既知の宇宙でもっとも古く、もっとも賢い種族である。この宇宙で多くの異種族に出会ったが、いずれもわれわれの教えを理解できなかった。われわれの言葉に耳をかたむけようともしない。たがいに殺しあったり、われわれならとっくに知っているものごとを探求したりしていて、そんな時間がなかったからだ。この宇宙の外に行けば、状況は異なると思うか？　たとえ、われわれのように非常に高度に発達した種族がほかの銀河にいくつか存在するとしても、かれらのために、われわれが労をになわなければならないのか？」

クス・ファンは触腕をいくつか床におろして話の終わりを示唆《しさ》し、同時に通路や斜路に目をやった。動く者はなく、すこし不安になる。話を終えたら、聴衆が演台に殺到してくると思っていたのだ。胸が締めつけられるようだった。もしかしたら、自分は同胞のことを誤解していたのかもしれない。

しかし、もうあともどりはできない。

「われわれパルシネは古くからの賢い種族だ」クス・ファンはたいした期待もせずにいった。「しかし、いつもそうだったわけではない。かつて異種族がやってきて、われわれに真実を教えるといっていたら、われわれはやはり異種族の言葉に耳をかたむけず、その真実を理解しなかっただろう。それをみずから消化する機会がなかったからだ。ほかの種族には独自の道を歩んでもらおう。どこに真実があるか、いつの日かおのずと知るときがくるだろう」

相《あ》いかわらず場内はしずまりかえっている。クス・ファンは茫然と立ちつづけていた。

ク・ウェルが立ちあがり、こちらにおりてくる。

「きみはわたしの演説のもっとも重要な部分を聞き逃したようだな」ク・ウェルはおだやかな口調でいった。「きみは、外宇宙ではだれもわれわれの話に耳をかたむけないという前提から出発している。しかし、それはいまや間違いだ。われわれ、異種族がこちらの話に耳をかたむけるように強制する装置をつくった」

クス・ファンはぎょっとして巣兄弟を見つめた。

「それは、武器か？」思わずたずねる。

以前パルシネ種族が使っていたという〝武器〟のことは知っている。しかし、はるか昔の話だ。啓蒙された現代のパルシネは、暴力を行使すると考えただけで触腕が痙攣《けいれん》してしまう。だが、ほかの惑星ではそれほど神経質でないらしい。クス・ファンは、惑星クスルルの住民が絶滅したのをこの目で見た。かれらはウクスフェルドの力を一部だけ知り、間違った使い方をしたのだ。惑星ク・ダムの原始的住民がたがいに石楔で頭をたたき割るのも見た。ラグーレ種族のはるかに精錬された武器も知っているし、ラルディル種族の武器のひとつで自身がやられたことさえある……それ以来、クス・ファンの十三本めの触腕はかぎられた場合しか使えなくなった。最近の旅では、はるか遠くにまばゆいきらめきを見た。ウクス＝フェルドⅡの中心近くにあるいくつもの恒星の光が反射し、まるで宇宙空間に漂う宝石のようだった。しかし、それははげしい戦闘で燃えつきようとする宇宙船だったのだ。

クス・ファンは武器を嫌悪していた。ク・ウェルもそれを知っている。

「武器ではない」ク・ウェルは答えた。「プラズマをそなえた一装置だ。わたしはそれを〝告知者〟と名づけた。殺傷能力はなく、思考をウクスフェルドの方向に導くだけだ。ためしてみたところ、機能した。あきらめろ、クス・ファン。われわれは巨大船を建造し、ウクスフェルドの教えを全宇宙にひろめる」

クス・ファンは斜路を見あげた。だれも動かない。評議会ドーム内はいまだにあの重苦しい、おちつかない沈黙が支配していた。評議会の全メンバーは、クス・ファンとク・ウェルが非常に親密な巣兄弟であることを知っている。姿勢を低くして、そっと出ていく者もいた。このような争いの目撃者になりたくなかったのだ。

「ここにいてくれ！」クス・ファンは叫んだ。

しかし、だれもその言葉に耳をかたむけない。その反対で、評議会ドームは恐ろしいほどすぐに空《から》っぽになった。クス・ファンはメンバー全員が引きあげていくのを、なすすべもなく見ている。自分とク・ウェルだけが巨大なホールにのこった。

「こんなつもりではなかったのだ」ク・ウェルはしばらくしてすまなそうにいった。

「きみにはわたしの報告をすべて送った。それを見ておいてくれればよかったのだが」

「見たよ」クス・ファンははっきりと答えた。「しかし、〝告知者〟のことにはまったく触れていなかった」

「それなら、見すごしたにちがいない」ク・ウェルは冷ややかにいった。

「きみが意図的に情報を知らせなかったのではないか」クス・ファンはがっかりし、困惑していた。「しかし、この件はもう一度、評議会にかけるつもりだ」

「だれもきみのいうことに耳をかたむけないだろう」

「かたむけなければならないんだ」

「なぜだ？」

クス・ファンは黙って踵《きびす》を返した。自分が惨敗であることを知っていた。ク・ウェルはこちらの論拠を知っている。それをあえて評議会にはかけないだろう。最悪なのは、自分に賛成する者がだれもいないということ。ウクス＝フェルドⅡ銀河の境界をこえて外に出た調査隊の生きのこりは、クス・ファンだけだからだ。

＊

クス・ファンは北ウクスフェランの山々のしずかなたたずまいが好きだった。しかし、ここに住もうとするパルシネはほとんどいない。たいていは水が豊富でひろい平地を好む。そこならヒールもあまりいなかった。

クス・ファンの住居ドームは堀でかこまれているので、ヒールはこえることができないはずだが、それでも実際はときどきこえてくる。それがたった一匹でもドームに入りこむと、けっこう不快なことになるのだ。そのため、このあたりのほかの住居ドームはもっと幅のひろい防御堀を追加して、ヒールがすべて死ぬようにしている。パルシネは基本的にとても平和を好む種族だが、ヒールにはほとんどアレルギー的な反応をしめした。だから自動罠で捕獲して息の根をとめる。みなが嫌う動物とはいえ、ヒールを素手で殺せるパルシネはいなかった。それがかんたんにできないこともたしかだ。ヒールは敏捷《びんしょう》ですばしこいだけでなく、非常にしぶとい。

クス・ファンもかつては自動罠システムに捕獲をまかせていた。しかし、最後の旅からもどったあと、自動罠システムの作動を停止して、同時に、防御堀にしっかりとした橋をつくった。このときから、招かれざるパルシネの客に腹をたてる必要はなくなった。ヒールが自由に出入りできるドームをあえて訪れようとする者はいなかったからだ。それ以来、クス・ファンの暮らしは本当に孤独になったが、いやではなかった。

ときどき、ル・フスが顔を出す。ほんのすこし変わり者で、太古の始祖のようにこの山々を歩きまわっている老パルシネだ。それに、だれかと話したくなったらいつでも町に行けばいい。クス・ファンの部族は平地にいて、多くのドームをピラミッド形に積み重ねたような住まいに住んでいる。巣兄弟のク・ウェルはいまでもそこを故郷のように思っているが、クス・ファンは最後の旅に出る前に、もう内心では部族と決別していた。

クス・ファンは浮遊機を橋のすぐ前に着陸させた。あたりの地面には赤錆色《あかさび》の苔《こけ》が生えている。機から降りると、まだ若いヒールが一匹、跳びはねてきた。クス・ファンは動物に不安をあたえないように、じっとしていた。驚いたことには、そのヒールも立ちどまっている。きっと子供にちがいない。まだ毛皮がビロードのように柔らかそうだからだ。思わず、このちいさい野獣の母親を探してまわりを見まわした。子供のヒールはなにかをもとめるような甲高《かんだか》い鳴き声をあげて、うしろ脚で立つ。すると、一名のパルシネが橋の上にあらわれた。ル・フスだ。

「こっちへこい、ちび！」ル・フスが叫ぶと、子供のヒールはいわれたとおりにした。

「われわれはきみを待っていたんだ、クス・ファン。帰れといわれれば帰るが」

クス・ファンはそうしてもらおうかと最初は思ったが、考えを変えた。だれかと話さずにはいられなかったのだ。なんでも話せるル・フスはうってつけだった。

「あんたたちは腹ぺこのようだな。いっしょになかに入ろう」

ル・フスは子供のヒールをそっと抱きあげ、ドーム内へ運んだ。そこでおろしてもらうと、ヒールは新しい環境をさっそく調べはじめた。

「どこでこいつを見つけたんだ？」

「こいつじゃなく、雌だから〝この子〟だ！」ル・フスは強調した。

クス・ファンは平然とうなずいた。そんなことを強調するのはばかげていると思ったが……ヒールはヒールだ。どれもとてもよく似ている。成獣で体長ほぼ五十センチメートル、体高二十センチメートルほど。短い四本脚と長く鋭い爪、毛の生えていない切りつめたような尾がある。頭はほぼ四角形で、そこから尖った鼻づらが飛びでている。ちいさいが非常に丈夫で鋭い歯、落ちくぼんだちいさな黒い目、内側に弓なりになった耳を持つ。腹がすくと、いらだち興奮して甲高い叫び声をあげる。強靭《きょうじん》で、足が速く、敏捷だ。のぼったり跳びはねたりするのが驚くほどうまい。口に入るものはなんでも食べ、きついにおいを分泌する。さらに、どの個体も例外なしにちいさく強固な針を持つ。それは毒腺につながっていて、必要とあれば舌の先から突きでてくる。雌雄の区別は外見からはわからない。交尾あるいは出産のようすを見るか、死んだヒールの腹を切り開いてみて、はじめてわかるのだ。

ヒールの毒はパルシネにはほとんど無害だ。嚙みつかれると痛いが、傷はそのうち治る。それだけのことだ。しかし、その毒にアレルギー反応を起こす者も少数いる。あとは、パルシネ一名にどれくらいの数のヒールが襲いかかるかによる。ヒールに殺される者の数は年間せいぜい百五十名以下だ。それなのに、パルシネ種族はヒールに対してヒステリックな不安をいだいていて、それから逃れられない。一方で、年間の水死者はその十倍の数におよぶが、賢明なパルシネなら水を恐れたりはしない。どうやら、ヒールに対する恐れは原不安の範疇《はんちゅう》に入るようだ。それを合理的に説明するのもむずかしいが、打ち勝つのはもっとむずかしい。

クス・ファンは食べものを用意し、そのうちのふたつをル・フスにわたした。子供のヒールは鉢形シートを分解するのに夢中だが、クス・ファンはべつに気を悪くしなかった。ヒールはなんといっても好奇心旺盛なのだ。若い個体となれば、それが二倍にも三倍にもなる。サーボ・ロボットに命令すれば、きれいにもとどおりになるだろう。ル・フスが呼ぶと、ヒールは子供特有のぎごちない動きでジャンプして、餌《えさ》に突進した。

「ほかの者たちはヒールを恐れている」ル・フスは考えこんだ。「なぜ、きみはそうじゃないんだ？」

クス・ファンは自分の話を聞いてもらおうかどうか、急に迷ってしまった。

「わからない」だから、そういった。「あんたがなぜ孤児になったヒールを育てているのか、それがわからないのと同じことだ」

ル・フスは使っていないすべての触腕をあげた。おもしろがっているらしい。

「わたしの頭がおかしいと思っているんだろう」ル・フスは指摘した。

クス・ファンはできれば否定したかった。客への義務である礼儀作法に欠けるからだ。しかし、ル・フスはその間をあたえなかった。

「きみは評議会に出席するために町に行った。そうだろう？　ク・ウェルが提案した新プロジェクトをすげなくはねつけるつもりだったのに、逆に自分自身がはねつけられた。

事前にそうなると知っておくべきだったんだ」

クス・ファンは驚くと同時に困惑し、

「どうしてわかった？」淡々とたずねた。

「わたしも何度かためしたからさ。われわれは思ったよりも多くの共通点を持っているようだ、クス・ファン。最初の宇宙船が試験航行したさい、わたしもそこにいたんだよ。大気圏の境界をこえようと、おそまつな遷移を何度もやってみてようやく、フェルデルクセンをはなれて惑星ナグ・ハンまで行ける船の開発の見通しがついた。その調査航行がどのようにおこなわれたか、知っているだろう」

「あんたはグ・デシュのル・フスか！」クス・ファンは驚いた。「カタストロフィのたったひとりの生きのこりだ」

「そのとおり。大気圏外に出て、フェルデルクセンが無限のなかの一点になったとき、われわれの多くは不安にかられた。恒星や星雲、遠くの銀河といった大きなものを見ていると、ちいさきもののなかにひそむ真実と意義が信じられなくなる。わたしはこのとき、ひとつのことを知った。われわれは自分たちの惑星にいてこそパルシネなんだ。それをはなれては、なにも見つけることができない。培《つちか》った知恵を忘れ、あらたな信仰をつくりだすなら、話はべつだが」

「それは冒瀆《ぼうとく》だ！」クス・ファンは驚いた。「ウクスフェルドの教えは完璧なのだ」

「本当にそう信じているのか？　いまやわたしはもう、自分が生きのびられたのはウクスフェルドの教えのおかげなどと思っていない。ヒールのおかげだ。出発前にヒールが何匹か船内にもぐりこんだにちがいない。もともと賢いやつらだ。われわれが乗りこむずっと前からかくれていたのだな。わたしとト・カンだけが生きのびたとき、突然ヒールが船のあちこちにあらわれた。ト・カンは一匹のヒールに嚙みつかれ、その毒へのアレルギー反応で死んだ。ひとりきりになったとき、わたしには無限を見つめてウクスフェルドのことを考える時間はまったくなかった。たえずヒールから逃れることで忙しかったのだ。やがてわたしはヒールのことにくわしくなり、それほど性悪ではないと気づいたわけさ。こんどはきみの番だ」

「わたしの話はとっくに知っているだろう」クス・ファンは驚いて答えた。「どうやらヒールという動物は、宇宙船で旅をしたくてしかたがないようだな」

「そうだ、わたしもそう思う」

クス・ファンは黙って、餌を食べるのに夢中なヒールを見た。

「唯一の生きのこりだからと、わたしは評議会でのポストを提供され、引きうけた。いま考えれば、ばかだった」ル・フスはつづけた。「なんとか帰還したことで、宇宙航行問題のエキスパートになったかのように思いこんでいたんだ。そのテーマに関して自分が意見を述べれば、みな耳をかたむけるだろうと思った。しかし、すぐにそれが勘違いだと認めざるをえなくなる。わたしの最初の提案は、さらなる宇宙空間への進出をやめるという趣旨だった。種族への負担があまりに大きいからだ。それがだめだとわかって、充分な数のヒールを船内に運びこむことを要求したが、だれもわたしの話に耳をかたむけない。結局、自分が評議会に招聘《しょうへい》されたのはただの茶番であるという結論に達した。わたしは山に入り、やがてウクスフェルドへの見方を変えていった。パルシネだからすぐれていると、たえず自分にいいきかせるのもやめた。住居ドームを手ばなし、荒野で生活しはじめたんだ。そのころには、ヒールはわたしに対してそれほど攻撃的ではなくなっていた」

ル・フスは話を中断した。クス・ファンがなにか話しだすのを待っているようだ。しかし、クス・ファンはそれでもまだ黙っていた。

「ウクスフェルドは間違いであり、同時に真実であると思う」ル・フスはしばらくして、ふたたびはじめた。子供のヒールがその触腕の上で眠ろうとまるくなる。「いずれにしても、ウクスフェルドを純粋な理論として無限の宇宙にひろめようというのはばかげている。われわれは自分たちの惑星でちいさきものに目を向けるべきだ。そして、自然と距離をおくのではなく、融合すべきなんだ」

それはクス・ファンが評議会で要求したことの趣旨と同じだった。数時間前だったらル・フスを擁護していたかもしれない。しかし、もう自分の意見に自信がなかった。

ル・フスを見た。汚れてやせ細り、鉢形シートにうずくまっている。

むこうみずなク・ウェルの計画に反対すれば、こうなるということか？　ちいさきものへ回帰し、フェルデルクセンに閉じこもり、自然と融合するのか？　大いなる認識を得て偉業をなしとげたパルシネ種族の誇りは、どこにのこっているのだ？

ここまで大きく発展してきたのは、快適な生活を捨てて始祖たちの原始的状況に、しかも自分たちの意志でもどるためか？

違う！　クス・ファンは愕然とした。それなら〝告知者〟やそれに付随するさまざまなことを引っくるめて、まだク・ウェルのやり方のほうがいい。

そうなると……

自分はパルシネであることを誇りに思っている、と、クス・ファンは考えた。その理想をあきらめることはできない。なぜ評議会であんなばかなことをいったのだろう？　巣兄弟のプロジェクトに反対するのでなく、協力するべきではなかったのか？

わたしはこの銀河のかなたにある無限との対決を生きのびた、比類なき者なのだ。だから、ほかのパルシネにはできない主張をあえてすることも許されるのではないか？　ク・ウェルと話をしなければならない。かの巨大船は特別な乗員を必要としている。われわれはパルシネなのだ。どんな問題もうまく解決できる。この問題も、きっとかたづくだろう！

2

布教船はどれも巨大だった。フェルデルクセンの夜空に浮かぶ星かと思うほど大きい。それが天空に浮遊するところを、クス・ファンは見た。住居ドームの前に最後に立ったときだ。ほとんどの動産は……愛着のあるものだけだが……すでに頭上の巨大船の一隻に運んである。のこりはちょうどいま浮遊機に積みこんだところだ。ほかの者には荷物の重量制限が義務づけられていて、ほんのわずかしか持ち物を船内に持ちこむことが許されない。その制限が自分にはないのがうれしかった。

クス・ファンはこれがもどることのない旅だと知っていた。たとえパルシネがとても長生きであるとしても……乗員のだれも、ふたたびフェルデルクセンを見ることはないだろう。なにかまずいことが起こって、帰還を余儀なくされるとしたら、話はべつだが。しかし、それを命じる者などいるだろうか？

いずれにしても、これまでの生涯で集めた高価なものをすべて置いていかなければならないとしたら、とても残念だっただろう。自分の名にちなんで名づけた惑星クサンフアンⅡのクリスタル、惑星トカルのいくつかの絵、惑星ジャウレンⅣのコインネックレス、太古のパルシネの塑像……そのほかにもたくさんある。《布教1号》のプライベート・キャビンには、すべてを持ちこむのに充分なひろさがあった。さらに、この長い旅でくわわるかもしれない物品のための場所も充分だ。

目の前には、防御堀にかかる橋がある。布教船の建造には長い年月がかかったので、クス・ファンはめったにここにこられなかった。そのあいだにヒールたちは橋の向こうの住居のほとんどを完全に私物化していた。今後、住居ドームは完全に占領されるだろう。それでも、かれは恨みがましくは思わなかった。新しい故郷は《布教1号》だ。すでにドームとの縁は切れたと思っている。それなのに、最後の別れが悲しいことに自分でも驚いた。このドームは自分を外界から守ってくれる屋根以上の存在だった。限定的とはいえ、すべての供給装置もふくめて、たしかに独自の意志を持つ人工有機体だったのだ。その存在目的はクス・ファンに仕えることであり、使命をはたすことでよろこび満足していただろう。

主制御装置のスイッチを切ってもよかった。そうすれば、ドームはすべての装置もろとも消滅するかもしれない。橋の上に立って、空をゆっくり移動していく布教船を見ながら、かれは自分自身と格闘した。しかし、もどることも、ドームを破壊することもできなかった。それは自分の巣兄弟である一パルシネを殺す行為のような気がしたのだ。

ためらいながらも、橋を去った。ずっと向こうの苔におおわれた大地に浮遊機が一機とまっていて、パルシネ一名が出てきた。

すぐにル・フスだとわかってクス・ファンは驚き、よろこび、感動した。かれとは長いあいだ会っていなかった。ク・ウェルと争わず応援することにした、と、話して以来だ。とっくに荒野のどこかで死んだのだと思い、悲しかったが、そのル・フスにいまこのときに再会できたのはうれしい驚きだった。クス・ファンは老いた友に挨拶した。まるで、長いあいだ行方知れずだった巣兄弟に突然、再会できたように。

クス・ファンが駆けより、十二本の触腕で抱きついたとき、最初ル・フスは驚いたようだった。その興奮がおさまると、二名は浮遊機のまわりを大はしゃぎで踊りまわった。合わせて八本の触腕を脚にして、まるで一体であるかのように、それぞれが相手のバランスをたもちながら支えあう。それでもたえず引っくり返りそうになり、柔らかな湿地の上にぶざまに倒れそうになった。

「さよならをいうためにきた」ル・フスは息を切らしながらいった。二名が立ちどまったときだ。クス・ファンは驚いて身をすくめた。ル・フスがいかに年とってしまったのかが、いまやっと頭に浮かんだ。

「なにをいっているんだ」クス・ファンは強い口調でいった。「あんたは死んだのかと思っていた。もうどこへも行かないでくれ。われわれといっしょに行こう！」

本気だった。《布教1号》はとても大きいが、宇宙はそれよりはるかに広大だ。その宇宙の一部にウクスフェルドの教えをひろめるだけでも、何世代もかかるだろう。だから布教船はどれも、パルシネがそこでいつまでも生活できるようにつくられていた。パルシネは単性だから、子孫の数を正確にコントロールできる。つまり、一名多くてもすくなくても、たいして差がないということだ。クス・ファンはル・フスの場所をつくるために、いざとなったら自分のコレクションのひとつをよろこんで置いていくつもりだった。

「わたしのような年とった変わり者は、宇宙ではきみのじゃまになるだけだ」ル・フスは冷静にいった。

「ばかなことをいうな！」

「違う、そうではない！　わたしの安らぎはこの惑星にある、クス・ファン。ここはわたしの惑星だ。ここが心地いい。外宇宙の無限のなかでは、自分を見失うだろう。しかし、この惑星を心地よく感じないらしい者がいる。いっしょに連れていって、面倒をみてやってくれ。それがわたしの最後の願いだ、クス・ファン。わたしには臨終の時が迫っている。もうのこり時間はわずかだ。わたしをここで、友たちのいるフェルデルクセンで死なせてほしい。最後の願いが叶《かな》えられたら、わたしはおだやかにこの世を去るだろう。きみはわたしが相談できる唯一のパルシネだ。見すてないでくれ」

「その者がだれであろうと、歓迎する！」クス・ファンは真剣に答えた。本当にそう思ったのだ。それはル・フスにもわかっている。このような古くからの決まり文句を軽率に口にするパルシネはいないからだ。

ル・フスはすこしつらそうに、石ころや苔におおわれた湿地を、クス・ファンがまだ橋の上にいたときに出てきたところまでもどっていく。クス・ファンはゆっくりと友のあとをついていった。甲高い鳴き声がして、内心ぎくりとしたが、すぐに心をおちつけた。約束したのだ。たとえなにが起こるとしても、その約束を守るつもりだった。

とても若いヒールがうれしそうに跳びはねてきた。まだ産毛《うぶげ》が生えかわっていないのか、綿毛のように柔らかそうだ。うしろ脚で立ち、くぼんだちいさな目でクス・ファンを見ている。宇宙そのもののように黒い目だった。

「若い雌ヒールだ」ル・フスは小声でいった。「数カ月前からわたしのところにいる。とても人なつこい。よくいうことをきくだろう。ここにいても、わたしの助けがないと外では生きられない。わたしの余命はいくばくもないから、もう面倒をみられないだろう。死なせたくないんだ。いっしょに連れていってやってくれ、クス・ファン。たのむ！」

「連れていくとも」クス・ファンはおごそかに約束した。いくつかの問題が待ちかまえていることはわかっていたが……「その子を〝災難ナンバー3〟と名づけよう」

災難ナンバー3は本当におとなしく従順だった。辛抱強く優しく語りかけると、なんの問題もなく箱のなかへ入った。音をたててはならないことも理解しているようだ。

クス・ファンは悲しみでいっぱいになりながら、年老いたル・フスと別れた。それからすぐに、布教船での長い旅がはじまったのだ。

＊

「船内にヒールがいる」《布教1号》の指揮をとることになったク・ウェルがいった。

クス・ファンにとって旅の十日めのことだ。

クス・ファンはひどく驚いた。災難ナンバー3の存在をうまくかくしたと確信していたからだ。災難ナンバー3は驚くほど協力的だったので、なおさらだった。

「きのう船内の居住エリア外で、数匹のヒールが確認された」ク・ウェルはつづけた。

今回は災難ナンバー3のことではないとわかり、クス・ファンはほっとした。「それだけでなく、〝告知者〟の近くにもヒールの形跡がある。あの野獣がこの船全体を汚染するのを認めるわけにはいかない。あらゆる手段でヒールの数を減らすように指示した。それを受けて、われわれの数名がこの問題に集中的に当たることになる。《布教1号》内のヒールを徹底的に一掃する方法を開発するにちがいない！」

クス・ファンは災難ナンバー3のことを考え、ル・フスとかわした約束を思いだした。この決定はとてもよろこべるものではない。しかし、このような決定をこれまで何度も聞いた。それでも、ヒールはいまだに生きている。どのような新しい駆除手段にもすぐに順応する能力を持っているのだ。いざとなれば、より短いサイクルで子供を産む。ヒールを完全に駆除できるとは思えなかった。それに、追求すべき目的はそれではない。

「われわれにとって危険な存在にならない程度に数を抑制すれば充分ではないか？」クス・ファンはたずねた。

「きみがヒールに多少なりとも好感を持っていることは知っている」巣兄弟はあざけるように答えた。「しかし、宇宙船がヒールのくるところではないことを、そのうちきみも認めざるをえなくなるだろう」

「それほど確信があるのか？」クス・ファンは考えこんで、スクリーンに目をやった。《布教1号》はまだウクス＝フェルドⅡの宙域内にいた。しかし、すぐにそこを出るだろう。

クス・ファンは銀河間の虚無空間を前にしてぞっとした。あの最初の不幸な調査旅行を思いだす。ク・ウェルの計画は本当に正しいのだろうか。あるいは、あのとき起こったよりもさらに大きなカタストロフィに向かって突き進んでいるのではないか。

ク・ウェルの計画は次の前提に立っている……〝告知者〟は異種族をウクスフェルドの教えに帰依させるのみならず、その放射によってパルシネを確実に強くし、無限との対面に耐えられるようにする、というものだ。

無限と対峙《たいじ》することをパルシネが恐れるのは、もちろん生体的な理由からでも、あるいはそれ以外のありふれた理由からでもない。これほど完璧な種族にしては想像しにくいかもしれないが……もっぱら世界観に関することなのだ。ウクスフェルドへの深い信仰はパルシネの生活に深く根をおろしている。その信仰心が揺らいだら、完全に精神に異常をきたすだろう。

パルシネたちにとって、自分たちの銀河内を飛びまわるのは、いつしか問題がなくなっていた。未知の星系と関わる機会がこのあいだに充分あったことも、もちろんその理由だ。とてつもない距離、多くの恒星、さまざまな宇宙現象のスケールの大きさ、多様な惑星を前にして、はじめは驚き不安になったが、そのようなことでウクスフェルドが力を失うことはないとすぐに気づいた。結局、ラン・ウーのような巨大恒星のとてつもないエネルギー流でさえ、最小の要素から生じた結果だからだ。

しかし、銀河間の無限の虚無となると……それはすこし違う。

「きびしい状態になれば、ヒールが助けてくれるかもしれないぞ」クス・ファンがそう思ったのは、このような考えからだ。

「ああ、またか、もうやめてくれ！」ク・ウェルはいらいらして吐きだすようにいった。

「きみの理論は知っている、クス・ファン。だが、わたしは……」

「拒否する、と、いうのだな」クス・ファンはク・ウェルの言葉をさえぎった。「それはわかっている。だが、すぐに理論と現実を見くらべることになるだろう。まだここにはほんの少数のヒールしかいない。宇宙空間に達したらすでに絶滅していたなどということのないように、あまり追撃を強行しないでくれ。この船内の多くのパルシネは、フェルデルクセンから一度も外に出たことがない。だから、そのうちのすくなくとも数名は、この虚無空間を見て精神が混乱するだろう」

ク・ウェルは譲歩した。それは、ここ数年間でこの巣兄弟のことがいやというほどわかっていたからだ。クス・ファンは夢想家ではまったくない。もしかしたら、クス・ファンのいうとおりかもしれない……ヒールがあっという間に増えて《布教1号》が完全に占拠されるようなことになれば、話はべつだが。

ヒール狩りは細々とつづけられ、だれもそれに気づかなかった。ほかに考えることがたくさんあったからだ。

＊

布教船はどれも未知銀河での伝道を優先することになっていた。ウクス＝フェルドⅡ銀河内でのウクスフェルド信仰の伝道にはほかの船が当たっている。それらの船も同様に〝告知者〟を搭載していたが、長距離の飛行には適さなかったのだ。

《布教1号》もまっすぐに……実際にはできるかぎりということだが……フェルデルク

センをはなれた。可及的すみやかに星々の群れを抜けるためだ。

しかし、《布教1号》が銀河の本来の境界をこえたとき、パルシネの天文学者たちはそれまで見たことのないものを発見した。数千光年かなたに、ミニ銀河のようなものが光っている。ある意味でウクス＝フェルドIIの分枝ということだ。そこにわずかな星系が橋のようにのびてきている。だがいずれにせよ、ウクス＝フェルドIIもはるかに大きな銀河団のなかにある銀河のひとつにすぎない。そのような銀河団にしてみると、パルシネなどたしかに弱小の存在だ。

ついでにいえば、パルシネが宇宙的な事象に対して完全に中立的な反応をしめすことのもっともいい例は、以下のとおりである。それまで当然のようにウクスフェルドと呼んでいた自分たちの銀河が、より大きな銀河団の一部にすぎないとわかると、すぐに銀河団のほうをウクスフェルドIと名づけ、故郷銀河をウクス＝フェルドIIとしたのだ。

このふたつの語を翻訳するなら……パルシネの言語は非常に複雑で、ほかの言語に翻訳するさいはたえず大きな困難がともなうが……ウクスフェルドIは〝ちいさきものの真実と意義は、大きなものによって明かされる〟という意味になり、そのさい〝クス〟を舌打ちするように発音する。それに対して、ウクス＝フェルドIIでは低い咽頭音《いんとう》になる。

また、IIはけっして数字の意味ではなく、〝ウクス〟と〝フェルド〟のあいだの分級記号と同様に、シンボルとして理解されるべきものだ。このマークがあるからまったくべつの意味が生まれて、こちらは〝ちいさきものの真実と意義は、大きなものの影において認識される〟となる。

すでにいったとおり、パルシネたちが最初から興味をしめしたのは、自分たちの銀河のちいさな付属物であるミニ銀河だった。そこで《布教1号》は星々の橋をたどっていき、出発以来はじめて〝告知者〟が全力で活動することになった。

パルシネは非常に長寿の生物だから、なにかを待つことは苦にならない。〝告知者〟が時間を必要とすることは知っていたし、たんにそこへ行けばすべての文明世界を自分たちの道に導けるとも思っていなかった。布教船の強力なエンジンは長いこと作動をとめ、たまに危険回避が必要になったときだけ、すこしのあいだ音をたてる。〝告知者〟の作用範囲である半径十光年の球のなかで、《布教1号》はゆっくりとしずかに動き、乗員たちは船内でじっと応答があるのを待った。

やがて、信号がとどいた。それはあまりに明確だったので、だれもがヒールのことや、無限の虚無空間や、すべての過去のカタストロフィを忘れた。

「ウクスフェルド」と、信号の送り主はいった。「ウクスフェルドとはなんだ？　あるいは、だれだ？　そのことをたずねられる者はどこにいる？」

パルシネたちは、よろこんで質問者にすぐに答えるつもりだった。

3

信号が送られてきた星系は太古からのもので、消滅する運命にあった。赤黒いかすかな光を発する一恒星のまわりを巨大な小惑星群が周回し、まだ無傷の薄暗い惑星がひとつ、動くのにあきあきしたかのようにゆっくりと自転している。そこには生命があるにちがいない。その惑星が信号の発信源だからだ。

クス・ファンとパルシネ数名のグループは小型連絡船に乗り、巨大な《布教1号》をはなれた。ウクスフェルドに興味を持つ生物を探すためだ。全員、経験豊富な宙航士で、すでにいくつかの惑星を見ている。なかには奇妙な惑星もあった。しかし、かれらがとっさにクス・ハル・エシュと名づけたその未知惑星は、グループ一の楽観主義者ル・グーですら意気消沈するほど、嫌悪感をおぼえるものだった。

クス・ハル・エシュは〝時が過ぎ去った世界〟という意味にほかならない。その名のとおりの外観だ。非常に古く、大気はすでにほとんど失われている。海も湖も川も……かつてそのようなものがあったらの話だが……蒸発して、山や丘は風雨で削られ砂と化していた。だから、クス・ハル・エシュの地表は単調な砂漠でしかない。砂丘もなかった。砂をよせあつめて砂丘をつくる力を、風がとっくの昔に失っているからだ。生命のほんのわずかな形跡はどこを探してもない。

「間違いだったにちがいない」クス・ファンは腹だたしげだ。「信号はほかからきたんだ」

「ばかなことをいうな！」ル・グーは激昂した。「いまもまだ受信している。以前よりもはっきりと」

「それならば未知者と連絡をつけて、どこにかくれているか、訊け！」

ル・グーは驚いて身をすくめた。これほどいらだって、きつい口調で話すクス・ファンをそれまで見たことがなかったからだ。

スピーカーから、なにかがうなるような、きしむような音がする。トランスレーターがそれを忠実に翻訳した。

「どこでも好きなところに着陸してくれ。どこだって同じことだ」

「だが、われわれはそちらと話がしたい」ル・グーは信号を返した。「きみたちに会いたいし、ウクスフェルドのことを話したい！」

かちりという音、うなり、きしみ、かたかたいう音が聞こえた。

「話すがいい。もうずいぶん長く、おまえたちのような声を聞いていない」

「いったいどこにいるんだ？　惑星の地中にかくれているのか？」

かたい音、うなり、きしみ、なにかが折れるような音……

「そうともいえる。多くの者の足音が頭上を通りすぎた。しかし、ずっと昔のことだ。おまえたちがどこに着陸しても、わたしは本当にかまわない」

「もしかしたら精神存在かも」ム・コルが興奮している。「かつてこの惑星に生きていたもののすべての総体だ」

「つまり、われわれには見えないということか」クス・ファンは考えた。「だから、どこに着陸してもかまわないのかもしれない。いいだろう。ス・デル、下降してくれ。ウクスフェルドのことを伝え、それでどうなるかを見てみよう」

小型連絡船が着陸したとき、砂と埃《ほこり》が舞いあがったが、すぐにおさまった。パルシネたちはやりきれないほど壮大なパノラマを見つめた。太古の恒星の赤いかすかな輝きのなか、地平線までつづくどこまでも単調な砂漠は、陰気で脅威的だ。木も藪も、地を這う地衣類さえない。岩でもあれば距離をはかる目安となるだろうが、それもなかった。まったくなにもない。あるのは砂と、薄暗い赤い光だけ……

無限よりもっとひどいといってもいい。クス・ファンは愕然とした。無限は恐ろしいものだが、ここには救いがない。それがぴったりの言葉だ。死の世界の闇でさえ、この惑星の持つ絶望感よりましだろう。このような環境を耐えて生きながらえる生物とは、どんなものなのか？

それに……

そのような生物にウクスフェルドの教えを伝えて意味があるのか？　そのような者にとっては、われわれパルシネなど生意気な子供程度のものだろう。

そんなことを考えていると、ウクスフェルドについて語るル・グーの声が聞こえた。パルシネが知る真実と意義についてだ。未知者がル・グーを黙らせるか、はるかに恐ろしい真実をもって向かってくるのではないかと、クス・ファンは思わず身がまえた。しかし、なにも起こらない。相手が聞き耳をたてているかのようだ。それとも、かれらはとても礼儀正しく、宇宙からの訪問者をそっけなくあつかってはいけないと思っているのかもしれない。あるいは、自分たちの惑星の救いのなさを受け入れたのと同じように、ル・グーの話を辛抱強く聞くことにしたのかもしれない。

クス・ファンは急にそれ以上聞いているのがつらくなった。音をたてないようにエアロックに行って、個体バリアを張ると、外へ出た。

＊

地表に立って昔の風景を想像するのは、奇妙な感覚だった。はるか昔、ここには活発な生命活動があったのかもしれない。あたりには植物が生え、動物が走り、もしかしたら……いや、きっと……知性体が作業していただろう。たくさんの希望と夢と計画に満ちた惑星……生きとし生ける者は成長し、恋をして、悩み、死んでいく。それでも生命活動は延々とつづくと確信していただろう。それは間違いだった。のこされたものは、この恐ろしい荒野と、通信障害のような奇妙な信号だけなのだ。

希望はもうない……大地に生命の息吹《いぶき》はなく、乾いた種子が雨で命を吹き返すこともない。かつて存在したものの形跡もなければ、自分たちの未来のために町を築いた生物の偉大さを証明する廃墟もない。動植物の残骸も、石も。あるのは砂と埃だけ。

クス・ハル・エシュ……時が過ぎ去った世界。

たいして考えもせずにつけた名前だが、意外に適切だったのだ。

クス・ファンはためらいがちに連絡船から数メートルはなれた。奇妙な気おくれのようなものを感じる。まるで自分が墓を荒らそうとしているような……この惑星自体、巨大な墓以外のなにものでもない。すぐに崩壊する最後の記念碑だ。すぐにといっても、この場合、数百万年かもしれないが。

クス・ファンは荒涼とした陰気な砂漠に茫然と立ち、ちいさな赤い恒星を見あげた。

フェルデルクセンもいつの日か、あの恒星のように終わるのかもしれない。そうしたら、パルシネもヒールもほかの多くの生物たちも終わりだ……なにものこらない。

ウクスフェルド……すべての真実と意義はちいさきもののなかにひそむ。

この教えの偉大さをいまほどはっきりと認識したことはなかった。思いはこの星系の創世期にもどる。細かい宇宙塵の雲から生まれたときのことだ。雲のなかで、最小の粒子が集まる……のちにあらわれてくるもののすべてを内包する粒子だ。そこから恒星、惑星、衛星が生まれ、気体、液体、固体が生じる。光、熱、エネルギーが産生され、植物、動物、みずからを重要な存在とみなす知性体が誕生する。やがて時が流れ、いつかそれらすべては生まれたところにもどる。非常に細かい物質の粒子の雲に。それは宇宙の無限を浮遊する。

しかし、なにもないところから物質は発生しない。どこからか、この宇宙に流れこんできたのだ。どこで？　どこから？　そしてなによりも、なぜ？

クス・ファンは目眩《めまい》を感じ、ふらついた。ここ数年ではじめて〝顧問〟が必要だと思った……本当に助けになるかどうかわからないが。遠い地平線を見つめた。自分と地平線を隔てるものは、なぐさめのない砂漠以外にない。胸の内には答えの得られない疑問がくすぶっている。

どのくらいたっただろうか。背後で警報が鳴っていた。クス・ファンは忘我状態からさめて、急いで連絡船にもどった。

「きみはすべてを見逃した」ル・グーはクス・ファンを非難した。「くりかえし呼んだのに、きみは返事をしなかった。精神存在などではなく、惑星そのものだったんだ。聞いているのか、クス・ファン？　クス・ハル・エシュ自体が信号を送っていたんだ！」

クス・ファンはそれを聞いても、驚かなかった。どういうわけか、最初からその答えを直感的に予想していたのだ。しかし、あえて黙っていた。あまりにも現実ばなれしているように思えたからだ。

鉢形シートにしゃがみこんで、不安と恐れが入りまじった目を殺伐とした荒野に向ける。荒野はしだいに惑星全体に膨《ふく》らみ、ふたたび縮んだ。やがて、クス・ハル・エシュは無限のなかのただの点となった。

＊

クス・ファンはこれまで一度も自分から顧問を探しもとめたことはなかった。こうべを垂れ、おずおずと顧問室に入る。ずっと昔の若いころは、慣例として顧問の指導を受けていた。ひとつの講義もなおざりにせず、再履修することもなかった。ずばぬけた記憶力を持つかれには、必要なかったのだ。

その後、模範的パルシネであるクス・ファンは、たまたま抜け落ちた知識があっても自分の力で埋めあわせようと努力した。顧問の助けを必要とするのは若いパルシネだけだ。成人にとってはたいていの場合、助けをもとめるのは不名誉きわまることだった。顧問を必要とする者は、非パルシネ的な行動をしたと認めたことになる。通常は、指導を受けるあいだに不注意だった場合だけ、顧問が必要になるからだ。

しかし、それに関してクス・ファンはまったく心にやましいことがない。指導のあいだ、ひと言も聞きもらしたことはなかった。しかし、いまは自分の想像力を超える問題にぶつかっている。このような状況で顧問のところへ行くのは正当なことだ。しかし、何度そう自分にいいきかせても、気持ちは楽にならない。

顧問は高齢だった。しわだらけで、触腕はヒールの鉤爪を思わせるほど細い。鉢形シートにうずくまり、触腕を二、三本あげて挨拶することさえむずかしそうだ。こちらの質問に答えることが、この年老いたパルシネにできるのだろうか。べつの顧問を探すべきか考えた。《布教1号》の船内にはほかに二名の顧問がいる。しかし、この顧問室に入ったのだから、せめて質問するだけはしてみるべきだと自分にいいきかせた。

「きみには指導は必要ない、クス・ファン」顧問の言葉にクス・ファンは驚いた。「だから、顧問としてではなく、一パルシネとして答えよう。きみより年上だからといって特別に賢いというわけではないが、きみのこれからの助けとなる秘密をいくつか知っているかもしれない。しかし、確信はない。どんな問題をかかえているのかね？」

「われわれの宇宙空間を流れる物質はどこからくるのですか？」

高齢の顧問は考えこみ、鉢形シートにさらに深く沈みこんだ。

「一般的な説は知っているだろうと思う」顧問はゆっくりといった。「われわれは計算と観察によって、伝説の物質の泉を発見した。残念ながら、フェルデルクセンから遠くはなれていて、われわれの手がとどかないため、その現象についてはほんのわずかなことしかわからない。わたしが正しく理解したとすれば、きみはその物質の泉の向こうになにがあるか知りたいのだろう。残念ながら、その答えをわたしは知らない」

もちろんそうだろう。だが、クス・ファンは物質の泉の発見について、本当になにも知らなかった。何度もしばしば長期間にわたって惑星をはなれたので、知らないでいたことが多くある。

「どこに物質の泉はあるのですか？」クス・ファンはたずねた。「このまま航行すると、その近くを通るのですか？」

「われわれはたしかにその方向に向かっているが、あまりに遠くはなれているから、けっしてたどりつかないだろう。その秘密を探るのが任務でもない。われわれの使命はウクスフェルドの教えをひろめることだ」

「つねに新しい知識を集め、知識をひろげるのも、われわれの任務のひとつではないのですか？」

「そのとおりだ。しかし、使命がいずれにしても優先する」

「物質の泉の探求が、ウクスフェルドの教えをもっと正確に定義する助けになるかもしれません。そうすれば、理性をそなえた生命体ならだれも、その偉大な真実を疑わなくなるでしょう。まずはあらゆる手段を用いて物質の泉にとりくみ、はるかに好条件で使命をはたすほうがいいのではないですか？」

「ウクスフェルドの教えは完璧だ。この世でもっとも賢いパルシネによって、改善の必要がまったくないほど完全な言葉で表現されている」老顧問はクス・ファンを辛抱強く説得した。「物質の泉を探求しても、ウクスフェルドに関する新しい知識は得られない。われわれの教えをひろめることが最優先だ。それをなしとげたら、さらに調査をつづけて、ウクスフェルドを上まわる教えを発展させられるかもしれないが……いずれにしても不可能だろう。ウクスフェルドはわれわれの宇宙で起こるすべてをすでに包括しているからだ」

クス・ファンは死にかけた古い惑星のことを思った。その存在が終わろうとするときでさえ、意識を発信していた。顧問は間違っている。ウクスフェルドが包括しているのは、この宙域での現象だけだ。まだほかにも宇宙があることを、パルシネはとっくに知っていたが、そこでもウクスフェルドが有効であることを前提に出発している。なぜなら、ウクスフェルドはどこでも当てはまるはずの掟を述べているからだ。しかし、どこまで確信をもってそう主張できるだろうか？　ほかにも宇宙があるのならば、そこにはこちらとは違うなにかが存在するはずだ。そこで起こっているかもしれないことは、パルシネには想像もつかないだろう。それはウクスフェルドにまったくべつの新しい、もしかしたら驚くような意義をあたえるかもしれない。

しかし、老顧問とそのことについて論議するのは、意味がなさそうだ。そこで、慎重にその場をはなれることにした。

「話を聞いてくれて、ありがとうございました」尊敬をこめた視線でいった。「このことを徹底的に考え、知識を完全なものにして、場合によってはまたあなたの助言をもとめるつもりです」

「いつでもまたくるといい」顧問はいった。その言葉に嘘はなく、真摯なものだった。《布教1号》の船内には教えを乞いにくるような若いパルシネがいないので、顧問は大半の時間をなにもせずただすわっているだけなのだ。パルシネは無為が嫌いだった。

クス・ファンは顧問室をあとにすると、さっそくク・ウェルのもとへ行った。巣兄弟のことはよくわかっている。物質の泉に挑戦するという誘惑に、ク・ウェルはきっと抵抗できないだろう。

しかし、ク・ウェルはいま船長としての立場を守るので必死だった。むずかしい決断を迫られていたのだ。このミニ銀河にこれ以上とどまるべきか、それとも、ここはよりちいさな船にまかせて、そろそろ思いきって大きな飛躍をするのが得策なのか？　船長はこの問題で頭がいっぱいで、クス・ファンの話はまったく耳に入らなかった。

一方、クス・ファンはそれを敏感に察知し、キャビンに引きあげて、適当な機会を待つことにした。気を悪くしたりはしない。災難ナンバー3にまた会うのが楽しみだったからだ。

4

クス・ファンは自分のキャビンにいる〝間借り人〟がふつうでないのに気づいた。もちろんヒールがパルシネといっしょに暮らすこと自体、ふつうではない。しかし、これまでに、災難ナンバー3がほかのヒールとは違うことがわかってきたのだ。

災難ナンバー3がここで暮らしはじめて、すでにパルシネ暦でほぼ二年がたっている。はじめて出会ったころと同じように、いまもとても遊び好きだ。この子は……クス・ファンもいまではこのヒールを雌だと感じるようになっていた……いまだに子供のヒールと同じビロードのような産毛をしているが、そこがほかのヒールと違う決め手ではない。この奇妙な若い小動物が印象的な理由は、なにより知性だった。もちろんパルシネが持っている知性とは違うが、ときとしてクス・ファンが驚くような能力を発揮する。

パルシネはたいてい共同で生活することが好きで、クス・ファンのような一匹狼は非常にまれだ。しかし、まわりはかれの性格をよく知っていて、おおむね認めている。だからクス・ファンは、ほかの者がキャビンへ無遠慮に出入りすることを心配する必要はなかった。ふつうなら、それはあたりまえなのだが。とはいえ、望まない訪問者が絶対にこないとはいえない。そのことは、ある危険をはらんでいた。なによりも災難ナンバー3にとって……

パルシネ種族は、キャビンへの出入りを制限する鍵というものを知らない。閉じて鍵をかけられる扉というものさえ知らなかった。仲間からはなれて閉じこもる必要を感じたことがないからだ。あちこちに扉をつけるとしても、それはただの飾りか、ヒールを閉めだすためのものだった。同胞たちは、クス・ファンがときどき孤独をもとめることを寛大な目で見てくれる。しかし、住居ドームを堀で防御してたてこもるようなことをしたら、そうはいかないだろう。かれはそれを知っていたので、鍵のかかる扉のとりつけはあきらめた。そのかわりに、通常はヒールの接近を警告する装置を、ちょうど反対の目的のためにプログラミングしなおす。パルシネが外の警戒ラインをこえると、なかでアラームが鳴るしくみだ。

災難ナンバー3はこのアラームにすぐに慣れた。それが鳴るとすばやく最適なかくれ場に姿を消す。そこでクス・ファンが呼ぶまでじっとしているのだ。

だが、ヒールが鉢形シートのたっぷりとしたクッションの下にかくれると、クス・ファンの声は聞こえない。クス・ファンは恐ろしさでかたまったようになったヒールを、何度もそこから引きだすはめになった。そこで、さらに巧妙なやり方に移行する。ブレーカーを設置したのだ。災難ナンバー3はすぐにそれに慣れた。アラームが鳴ったとたんに逃げだすのではなく、一瞬だけ待つ。するとアラームがやみ、望まざる客が帰っていくか、あるいはクス・ファンが近づいてくる。それがいつもうれしかった。

クス・ファンは、ヒールがパルシネと仲よくなるのは異常なのではないかと思うことがあった。しかし、そんな懸念がすぐに消えるのは、災難ナンバー3が跳びついてきて、またパルシネの友といっしょにいられるうれしさにわれを忘れ、まねのできないほどの優美さで踊りまわるときだ。

ふだんの日常で、仲間が帰ってきたときにこれほどはっきりと、はげしくよろこびを表現する者は、パルシネにはいない。

クス・ファンは災難ナンバー3中心の生活を楽しんだ。滅びゆく惑星に行ったあとだからこそ、このちいさな友の愛情がどうしても必要だった。友はその期待に応えてくれる。クス・ファンは災難ナンバー3の優雅な身のこなしとあふれる感情をよろこび、じゃれ合いをよくやった。かれが触腕を伸ばして捕まえようとすると、ヒールはすばやく、しなやかにそれをかわす。

「ちょっと休もう」クス・ファンはついに息を切らしてたのんだ。災難ナンバー3はすぐにはなれて、愛くるしい大きな跳躍で鉢形シートに跳びこみ、お気にいりのクッションの上にまるまった。尖った鼻をあげて、こちらをじっと見つめる。そのくぼんだ黒い目を見たとき、クス・ファンは突然、あの滅びゆく惑星で感じた孤立無援状態の感情にまた襲われた。

目眩がする。底しれない深淵に転落していくかのようだ。

「おまえもわたしも、いつかは消え去る」クス・ファンは小声でつぶやいた。災難ナンバー3はそれを理解したかのように頭をあげた。「あとにはなにものこらない……跡形もなく消える!」

災難ナンバー3はもちろんひと言も理解していないが、自分の大きな友が悩んでいるのを感じたようだ。ちいさなきいきい声をあげる。不安でおちつかないのだ。

クス・ファンは触腕の一本で小動物をなでて、物思いに沈む。

「でも、もしかしたらすこしはそれを変えられるかもしれない」そうつぶやいた。

「ク・ウェルを説き伏せて、物質の泉に向かうことができたら……」

そこでクス・ファンは驚いて、話すのをやめた。なにかを感じたことに、いまはじめて気づいたのだ。

ヒールには見たところなんの変化もない。その毛はまだ柔らかそうに見える。しかし、その下にクス・ファンははじめて成獣の毛を感じていた。

*

《布教1号》はまだミニ銀河を進んでおり、〝告知者〟はフル作動していた。この装置は本当にあらかじめ計算したように機能しているのだろうか、と、いまやクス・ファンは一度ならず疑っている。というのも、あらゆる方向から信号がくるからだ。何十隻もの連絡船が巨大船から出発した。しかし、クス・ファンはどうしてもこのような出動に参加する気がしない。ク・ウェルもなにもいわなかった。そのかわり、いつか自分のところにくるようにと伝えてくる。それはたのみというよりも命令だった。

船長室に入ると、クス・ファンは驚いた。自分以外にだれもいないことに気づいたからだ。

「楽にしてくれ」ク・ウェルはそういうと、たくさんある鉢形シートのひとつに触腕の一本を向けた。その一方で、入り乱れるあらゆる種類の信号に耳を澄ましては、コンピュータに質問し、指示をあたえている。クス・ファンはしばらく待っていたが、しだいにおちつかなくなってきた。

「なにか理由があってわたしを呼んだのか？」と、たずねた。

ク・ウェルは困惑したように、雑多な通信連絡を切断して、ゆっくりといった。

「ある顧問が教えてくれた。きみがすこし前にたずねてきたと」

「顧問との会話は極秘にとりあつかわれるものだと思っていたが」クス・ファンは冷ややかにいった。

「もちろんそうだ。きみが顧問となにを話したかまでは知らない。しかし、想像はつく。きみはしばらく前からあるテーマを追求していたからね。顧問はきみがきたことしかいっていない。それも、こちらがたずねたからだ」

「なぜ、たずねたのだ?」

ク・ウェルは考えながら触腕どうしをからませた。

「きみにとって、物質の泉はそんなにだいじなのか?」ゆっくりといった。

「わたし自身にとってだいじかどうかわからない。しかし、それをくわしく調査することがわれわれ種族にとって大きな利益になると確信している」

「きみはかつてそのような調査をやめさせようとしたじゃないか、クス・ファン。ヒールをきびしく追跡するなと、わたしにたのみさえした。いざとなったら、ヒール追跡が種族の不安を逃がす安全弁として使えるかもしれない、といって。それが突然《布教1号》を、隣接銀河までではなく、もっと遠くへ進めろと要求している。もう不安はなくなったのか?」

「とんでもない。しかし、自分自身を見ても、あるいはほかの者を見ても、確たる目的を持てばそのような不安に打ち勝てると、わかるようになったのだ。目的が壮大で、充分に興奮するものだったら、われわれを待ちかまえている虚無空間のことも忘れられる。物質の泉ほど壮大で、高揚する目的があると思うか? ウクスフェルドに関して、われわれもまだ知らないことがわかるんだ！」

「ウクスフェルドに関して知らないことなど、もうない！」

「それは違う！」クス・ファンは激しく反論した。「われわれは、自分たちがすべてを知っていると思っているだけだ。確信などまったくない。ク・ウェル、銀河の外にはわれわれの質問にすべて答えられる者がいる。われわれは……」

「兄弟よ、物質の泉はきみの質問に対する答えをすでに持っているかもしれない。しかし、わたしやほかの者はそれとなんの関係もない」

クス・ファンは、いきなり災難ナンバー3の毒針で刺されたような感じがした。それも、意図的に。かれはショックを受け、立ちなおるのが大変だった。さいわい、ク・ウェルはすぐにそれに気づいて、巣兄弟におちつく時間をあたえた。

「われわれには使命がある」《布教1号》の船長はしばらくして、慎重に話をつづけた。「みなそれぞれ、みずからに課した使命をはたすという希望にあふれている。ウクスフェルドの教えをこの宇宙にひろめて、できるだけ多くの種族にわかりやすく説明するという使命だ。いまや、それができるという明白な証拠がある。〝告知者〟はすばらしい働きをしている。すでに百以上の惑星に住む種族がわれわれのメッセージを聞き、理解した。ほかにも多くの種族が心を動かされた。まだすべてを理解するにはあまりに低いレベルだが、まいた種子はそれぞれの惑星でもうすぐ発芽する。この宙域でのわれわれの任務は終わりを迎え、次の銀河に進出するときだ。だれも正体不明の目的地に飛んでいくつもりはない。自分たちの使命をはたすんだ、クス・ファン！」

「きみ自身はどうなんだ？」クス・ファンは辛辣《しんらつ》にたずねた。「もっと重要な真実を知りたいとは思わないのか？」

「それとこれとはべつだ」

「いや、そうではない。きみは船長だ。決定できる！」

「わかった」ク・ウェルはしずかにいった。「きみがそれほどいうならば教えよう……わたしが布教船のことを思いついたのは、ウクスフェルドの教えを宇宙にひろめるためだ。《布教1号》を調査船に変えるつもりはない。物質の泉には向かわない。偶然に近くを通っても、避けるだろう。われわれの信号に応答があれば話はべつだが、ありえないと思う。予想では、そこに知性体が存在する可能性はないからだ」

「もし、その予想が間違っていたら？　物質の泉に知性体がいないとしても、それだけでなく、あの滅びゆく惑星のように、それ自体が意識を持っているとしたら？　ウクスフェルドについて、われわれよりも多くのことを知っているとしたら？」

「われわれはウクスフェルドについて、すべてを知りつくしている！」

クス・ファンは巣兄弟を見つめた。自分はこれまでク・ウェルを正しく理解していたのだろうか。ク・ウェルとの最初の衝突は、ル・フスの意見に反対することでとりあえず切りぬけられた。その後は布教船の建造で必然的に忙しくなり、すべての疑問がそのままになった。今回はなにが助けになるだろう？　あるいは、ク・ウェルとのあいだの溝は埋まらないのか？

「きみもあの滅びゆく惑星に降りてみればよかったんだ」クス・ファンは小声でいった。

「そうしたら、考えも変わっただろう」

「きみ以外にもクス・ハル・エシュに行った者がいるではないか」ク・ウェルは指摘した。「しかし、そのなかできみと同意見の者はだれもいない」

「その者たちは惑星に降りずに、ただ着陸しただけだ。連絡船をはなれたのはわたしひとりだった。だから、同行者の受けた印象では不充分だ」

「そうかもしれないが、わたしはこのようなやりとりに疲れてきた、クス・ファン。これほどはっきりといわなければならないのは申しわけないと思うが、きみを見ていると選択の余地はないようだ。《布教1号》は物質の泉に向かわない。ほかの布教船もそのようなものには近づかないだろう」

「なぜだ？」クス・ファンは興奮してたずねた。

「われわれの使命のほうがはるかに重要だからだ！」

「すべての真実を知らずに、真実の半分だけをひろめるリスクを冒してもか？　物質の泉で見つかる知識が、ウクスフェルドの教えを変えたり修正したりすることになるかもしれないのを恐れているのか？」

「ウクスフェルドの教えで変わるものも、修正するものもない」ク・ウェルは冷ややかに答えた。「そのような可能性を考えるのはパルシネらしくない」

「だったら、真実のきわみを探しもとめることもパルシネらしくないというのか？　ク・ウェル、われわれの尊敬する祖先の考えはきっと、まったく違っていたはずだ！」

「それを判断することは、わたしにはできない。わたしが知っているのは、祖先がウクスフェルドの教えをめざして努力し、その教えを完璧なまでに磨いたことだけだ」

「この問題を船内議会にかけようと思う！」

「もちろん、きみにはそれができる。しかし、巣兄弟としては思いとどまるように助言する。全会一致で否決されるだろう。きみはこれまでの行動で非常に目立っていて、《布教1号》の船内ではのけ者の烙印《らくいん》を押されている。船内議会での敗北はいまの立場をさらにひどくするだろう」

「それはまだわからない」

「わかるさ。きみがヒールをかくまっていること、あの害獣を友とさえ思っていることを、その船内議会で《布教1号》の全乗員が知ったら」

クス・ファンはまた、おだやかで思いやりにあふれる災難ナンバー3の毒針で刺されたように感じた。今回は麻痺したようになる。

「秘密にしておけると、本気で思っていたのか？」ク・ウェルはおちついてつづけた。「しかも、わたしの目をあざむけると？　わたしはきみの巣兄弟で、この船の船長だ。きみの特殊な好みを知っている。きみがわたしに逆らわず、協力すると決心したとき、あまりの急変に不審をいだき、きみを監視させたのだ。きっとヒールを何匹か、布教船内にこっそり持ちこむだろうと思って。だから、まだ生殖不能の子供を一匹だけ持ちこんだと知ったときは、かなり驚いた。だが、パルシネたちがあの動物にどう反応するかはわかるだろう。わたしは災難ナンバー3の存在を証明できるし、ヒールのとてつもない繁殖力はだれもが知っている。船内にいるほかのヒールは自分とまったく関係ないといいたいのだろうが……きみがどんな証拠をあげても、どっちみちだれも信用しない。きみは追放され、災難ナンバー3は殺される」

クス・ファンは狼狽《ろうばい》した。ク・ウェルのいうとおりだ。ヒールと自分を守る手段はない。フェルデルクセンでなら、どこかに災難ナンバー3を逃がして生きるチャンスをあたえられたかもしれないが、この船のなかでは八方ふさがりである。

「決断は完全にきみにまかせる」ク・ウェルはしずかにいった。「そのことを船内議会にかければ、きみは終わりだ。もし船内議会にかけなければ……」

ク・ウェルは考えこんだ。

「わたしが決めることではないが」しばらくしてつぶやいた。「きみときみの奇妙な友はそっとしておこう。これ以上ばかなことをしなければ」

「わかった」クス・ファンは放心状態で答えた。「考える時間をくれないか？」

「だめだ」

むずかしい決断だった。しかし、災難ナンバー3を危険にさらすことはできない。それは前からわかっている。自分がル・フスとしたような約束は、パルシネには非常に拘束力のあるものだった。

「黙っていよう」クス・ファンは結局、宣言した。

＊

クス・ファンはキャビンにもどってくると、いつものようにアラームを切った。しかし、災難ナンバー3は姿を見せない。跳びはねて出迎えにこないのは、いままでにないことだった。身も凍るような恐れがクス・ファンをとらえた。ク・ウェルが自分の留守に災難ナンバー3を殺すように命令したのかと思うところだった。

クス・ファンは夢中でキャビンに突進し、いきなり立ちどまった。ヒールが一匹あらわれて、挑戦的に歯をむいたのだ。

災難ナンバー3ではない。体格のいい成獣で、剛毛に黄色い斑点がある。数々の戦いを勝ちぬいた証拠のように、たくさんの傷痕があった。急に姿勢を低くして、狂ったような金切り声をあげる。クス・ファンはひたすらじっとしていた。これ以上、刺激しないためだ。すると、災難ナンバー3が飛びだしてきて、未知のヒールをなだめた。それはすぐにおとなしくなり、目の前のクス・ファンを偉そうな顔で無視した。パルシネとは喧嘩することだけを考えているようだ。災難ナンバー3は媚《こび》を売るように跳びはね、かすかな鳴き声を出してお気にいりの鉢形シートにもぐりこむ。すると、彼女を崇拝する未知のヒールは、毛をみごとに逆立てて、そのあとを急いで追っていった。

「なんていうことだ!」クス・ファンはショックを受けた。

鉢形シートのクッションがあちこちでできしむ。まるで中規模の地震がそのなかで起こっているようだ。ヒール二匹は甲高い鳴き声をあげ、興奮してうなり声を発している。クス・ファンは下側の触腕でぎごちなく歩き、キャビンを横切り、鉢形シートにすわりこんだ。いま二匹のヒールがとらわれている恋の情熱は、パルシネであるかれには理解できない。しかし、二匹がなにをしているかは、ちゃんと想像できた。

パルシネは雌雄同体だから、必然的に単性となる。非常に長生きだし、若い個体はほぼぜんぶが成体まで育つので、生殖衝動はとくに強くない。それは情熱的な感情をまったく知らないということではない。その反対で、ひとたび情熱にとらえられると、徹底的だ。さいわい、そのような特殊な状況はたまにしかあらわれないが、いったんそうなると、愛撫しあいたいという欲求でまさに社会的に危険になる。一定の時間、理性を失うのだ。通常生活で知的である者ほど、その後ふたたび冷静になるまでに、常軌を逸した行動をとる。

パルシネのように完璧な生物が、おのれの内面に存在する原始的要素と対峙すると、何度もくりかえしショックに襲われることになる。そのため、これはずっと以前からきびしくタブーとしてあつかわれていた。生殖衝動に襲われそうになると、パルシネはすぐにドームピラミッドのいちばん下の部屋に行く。そこには同じ状態の者しかいないので、ほかのだれからもそのような恥辱に満ちた状態を見られずにすむのだ。

もちろん、高度に発達したパルシネとヒールでは比較にならないことはわかっているし、あの雄ヒールに関しては、恥知らずな行動以外のなにも期待していない。だが、ちいさな愛らしい災難ナンバー3ならもっとひかえめなやり方をするだろうと、クス・ファンは望んでいたのだろう。幸せな長い時間をいっしょにすごしたあと、あまり見たくない生命の営みの一面を見せられることになるとは、思いもしなかった。

鉢形シートのなかでおこなわれていることを、できるだけ気にしないようにした。しかし、ヒール二匹はパルシネのコンプレックスなどまったく配慮しない。クス・ファンはすくなくともたったひとつのことを理解した。ル・フスは正しかったのだ。災難ナンバー3は本当に雌ヒールだった。

ただでさえク・ウェルとの話で疲れはてていたのに、第二のショックでひどく痛めつけられた。しかし、入りこんでいた雄ヒールが満足して引きあげると、災難ナンバー3はいつものように優雅にたおやかに、クス・ファンの触腕の下にもぐりこんできた。

パルシネは子供でなく卵を産む。そして、自分の子孫とはけっして関わらない。太古のパルシネは大きな共同巣のなかに卵を産み、孵化はウクスフェルドの恒星にまかせていた。卵から這いでた幼いパルシネは、誕生の最初の瞬間から自分のことは自分でやる。同年齢のグループのなかで、定期的に温めあったり休んだりするのが前提だが。現代のパルシネは、最高の環境を提供する特別な巣ドームで卵を産む。子供たちは顧問の教えを聞くことができる年齢になるまで、直接の世話を必要としない。

しかし、ヒールはまったくべつの性質を持っていた。あちらこちらを動きまわる雄がパルシネと同じように子供と関わらない一方で、雌は、無毛で目も見えず、まったくなにもできない子供を産み、その子がなにをどうしようと、長いあいだずっと面倒をみなければならないのだ！　雌は子供の健やかな成長のためならありとあらゆる方法で戦い、通常のヒールでは想像もつかないようになる。

クス・ファンは最初は躊躇《ちゅうちょ》したが、誘惑に勝てず災難ナンバー3をなでた。そのとき柔らかい毛の下の不快な剛毛に気づいた。なぜこの徴候に気づかなかったのだろう？　災難ナンバー3はずっと子供のようで、永遠にこのままなのではないかと思うほどだった。クス・ファンはたしかに災難ナンバー3が雌だと直感的に知っていたが、典型的なパルシネとしてそれ以上は考えず、雄ヒールを遠ざける処置も講じなかったのだ。いまや困ったことになった。じきに厄介な贈りものが姿をあらわすだろう。

ヒールは一度に十二匹まで子供を産む。子供のヒールは非常に好奇心旺盛だ。クス・ファンは疑いの目でキャビンを見まわしてみた。けっこう散らかっている。正確にいうと……奇妙な女友達のせいでまったくのカオスだった。クス・ファンはこの住まいを几《き》帳面《ちょうめん》にととのえ、ものを置く場所も決めていたのだが、災難ナンバー3は整頓についてまったくべつの考えを持っていた。

だが、すぐにクス・ファンはこの混乱を受け入れなければならないことを理解し、慣れた。それはべつにして、災難ナンバー3も決まった生活習慣を持っていた。しだいにそのライフスタイル全体がわかるようになっていたのだ。

とはいえ、子供のヒールはきっと好き勝手にするだろう。災難ナンバー3は、いつも鉢形シートのクッションの下に柔軟性のある読書プレートをかくしておく。しかし、子供たちが自分たちの遊び場にそのクッションを使おうとして、だいじなプレートをそのさいに嚙み切ったとしたら、自分はどう対処すればいいのだろう？　罰をあたえるのか？　そうしたら、災難ナンバー3の毒針をお見舞いされる危険がある。

「あんたはきっと、そんなこと考えもしなかっただろう、ル・フス！」クス・ファンは悲しげにいった。

災難ナンバー3はこのあいだに眠りこんでいたが、クス・ファンの声で目ざめて、その触腕の上で気持ちよさそうに伸びをする。奇妙な、いつもと違う感情がかれの心をとらえた。

「心配いらない、災難ナンバー3」クス・ファンは優しくいった。「われわれは、それもやりとげられるさ」

5

ク・ウェルは目の前にあるミニ銀河での布教が完了したと告げた。《布教1号》は長距離遷移に入る。エンジンが大きな音をたて、甲高い咆哮《ほうこう》をあげはじめた。巨大船を軽い振動がはしり、エンジン音がかすかなささやきになる。スクリーン上のウクス＝フェルドⅡとミニ銀河がしだいに無限のなかのぼんやりとした染みになる一方で、《布教1号》はますます深くはてしない漆黒にもぐっていった。

クス・ファンはこの変化を知らないままでいた。自分のキャビンをはなれず、ひたすら災難ナンバー3を世話していたからだ。ヒールはしだいにおとなしくなり、以前とくらべると頻繁に長く眠るようになった。目ざめているときもじゃれついてこない。そのかわり、子供を産む前に自分が餓死するのを恐れているような食欲を見せた。クス・ファンはこの食欲を非常に不健康だと思い、最初は食糧の分量をすこししか増やさなかった。しかし、災難ナンバー3はもっと量を増やすようにしばしば要求し、結局クス・ファンは折れた。

そのあいだに、間近に迫る子供ヒールの侵略に向けて、キャビンの準備をした。たまに船内を歩くときのために、しっかりと鍵のかかるプラスティックの箱をいくつも手に入れた。ヒールの歯にも耐えるはずのものだ。そのなかに、とくにだいじで壊れやすいものをしまう。準備がすむと、住まいはがらんとして居心地が悪くなったように思えた。鉢形シートに憂鬱な気分ですわりこみ、これからいったいどうなるのかと考える。

子供のヒールにどのように関わればいいのだろう？　全員を自分のところに置いておくことはできない。子供が自立し、災難ナンバー3が追いはらうならべつだが。

子供たちが野蛮なヒールの仲間になるかもしれないと思うと、気持ちが暗くなる。檻《おり》をつくろうかとも思ったが、この考えは却下せざるをえなかった。ヒールを檻に入れておくことができないのは、パルシネならだれでも知っている。もしそれが可能だったら、ヒールを使って実験をおこない、その繁殖をいかに効果的に阻止すべきかをとっくに探りだせていたかもしれないのだが。

時は過ぎ、災難ナンバー3はますます動くのが大儀そうになってきた。以前は非常にスマートだったからだはまるみを帯びて、柔らかい産毛は抜け落ち、成獣の斑点模様の剛毛にとってかわる。ある日、災難ナンバー3は自分の鉢形シートに置かれたクッションを器用に切り裂き、それで柔らかい巣をつくった。そしてクス・ファンに、近づいたり触腕を伸ばしたりしないよう、身振りで伝えた。じゃましてほしくないのだ。クス・

ファンはその希望を尊重した。

巣ができあがると、災難ナンバー3はなかにもぐりこんだ。ふたたびあらわれたときには、疲れきってぼんやりとしていたが、からだはまたある程度スマートになっていた。クス・ファンはちいさな女友達に餌と水をあたえた。災難ナンバー3はむさぼるように飲み食いして、すぐにまた自分の巣に姿を消した。

災難ナンバー3が姿をあらわして、飲んで食べ、すぐに巣にもどることが数日つづいた。その巣からはちいさな甲高い声が聞こえ、それがしだいに力強く大きくなっていく。クス・ファンは、自分の神経をまいらせる子供がどのくらいの数いるか、見てみたかった。しかし、災難ナンバー3は以前と同じように巣に近づくことを許さず、クス・ファンは好奇心をおさえるしかなかった。

災難ナンバー3は六日めに巣から出てきた。口に奇妙なつつみをくわえている。注意深くまわりを見まわし、いつも用をたしているプラスティック片でいっぱいの箱に行くと、つつみをそこにていねいに埋めた。そのあと飲み食いをして巣にもどっていく。姿が見えなくなると、クス・ファンは箱に近づき、ちいさな死体を掘りだした。驚いてその赤ん坊を見おろす。心になんともいえない悲しみがあふれてきた。

災難ナンバー3は数時間後には二匹めの子供を埋めた。それから三匹めを。クス・ファンは巣をなんとかこじあけようとした。一匹でも正確に調べることができれば、もしかしたら助けられるかもしれない。しかし、災難ナンバー3はそれをきっぱりと拒否した。必死の覚悟らしく、パルシネの触腕に噛みついてくる。そのとても鋭いちいさな歯で、触腕にたくさんのかき傷ができた。毒針までは使わないが。クス・ファンもこれ以上やりすぎてはいけないとわかった。

かれは餌の栄養にさらに気を配った。ビタミンを混ぜ、微量元素とパルシネ用の抗生物質も入れる。災難ナンバー3が子供を埋葬することなく二日が過ぎ、クス・ファンは勝ち誇った。そこへ災難ナンバー3があのつつみをくわえてあらわれた。

絶望感が襲いかかってくる。もう孤独に閉じこもってはいられない。クス・ファンはちいさな遺体を手にとると、急いで駆けだした。

＊

パルシネはめったに病気にかからないので、治療の専門家はほんのわずかしかいない。そのわずかな者の一名がクス・ホウだった。

クス・ファンとクス・ホウは古い知り合いだ。ラルディィル種族の住む惑星にまったく平和的な意図で着陸したさい、パルシネは攻撃され、クス・ファンとほかの多くの者が毒を塗った戦闘斧によって負傷した。そのとき、多少なりとも自分たちの助けになったのはクス・ホウただ一名だった。このパルシネに、クス・ファンはすべての希望を託すことにした。

やっと探しだしたとき、クス・ホウは非常に複雑な実験に従事していた。奇妙な装置でいっぱいの部屋のまんなかでしゃがみこみ、触腕八本で同時に八つの異なる測定装置を使っている。ほかの触腕四本で試験管を振り、うつしかえ、ありとあらゆるチンキ剤をくわえている。のこりの触腕四本は、こうした動きを支えてバランスをとるのに必要だった。

「なんの用だ？」クス・ホウはクス・ファンのほうを見ようともせず、ぶしつけにたずねた。

「助けが必要なんだ」クス・ファンはせっぱつまっていた。

クス・ホウはあいている触腕四本を床におろして立ちあがり、装置ごしに顔を出した。「きみか」気づいたようだ。「きみは興味深い例だ、クス・ファン。知っていたか？ ラルディルの毒で脳がやられることを、いまごろやっと発見した。わたしの当時の患者のなかで、きみだけが正常なままなのだ。なぜかはわからない」

クス・ファンは触腕の先でそっと持っているちいさな遺体のことを考えた。これが答えなのだろうか。自分の場合、とくに長くかかってラルディルの毒が効果をあらわしたのかもしれない。ヒールの赤ん坊一匹のためにこんな心配をするのは、そのせいなのではないか？

このとき、出なおすようにクス・ホウからいわれていたら、黙ってそのままキャビンにもどっただろう。しかし、クス・ホウはさらにべつの触腕二本を床におろして、実験が見た目ほど重要ではないことをほのめかした。

「ずいぶん困っているようだな」クス・ホウはいった。「なにか悩んでいる。古傷のことか？」

そして、クス・ファンの触腕一本にあるちいさなつつみを見つけた。

「見せてみろ！」そう命令した。クス・ファンは持っていたつつみを開いた。

クス・ホウはちいさな遺体をさまざまな方向から注意深く見て、慎重に手にとると、作業プレートの上に置いた。

「子供のヒールじゃないか。せいぜい生後八日くらいだな。まだ目は開いていないし、鉤爪も発育不全だが、毛はすでに生えだしている。これをどこで見つけたのだ？」

「わたしはパルシネに慣れたヒールを一匹飼っている」クス・ファンはしぶしぶ説明をはじめた。「雌の個体で、それが子供を産んだのだ。しかし、次々に死んでいく。理由を知る必要がある」

「このような個体ははじめて見た」クス・ホウはつぶやいて、ちっぽけな死体を裏返し、まるで世界の驚異のように見つめた。「もちろん、かなりの数のヒールはこのくらいの年ですでに死ぬが、死因は通常かんたんにわかる。たいていは虚弱か、あまりに攻撃的なため、母親に嚙み殺されるのだ。ヒールはすぐに感情をコントロールできなくなるし、しつけをする時期の前に母親を傷つける子供もいるからな。雌ヒールはある時期になると、こうした苦痛にそなえるようになる。子供にすばやく嚙みつけば、問題はかたづく。しかし、この子供は完全に無傷だ。寄生生物はまったくいないし、肌はきれいで、栄養もいきとどいている。なぜ死んでしまったのか、まったくわからない！」

「理由を見つけだせるか？」クス・ファンは慎重にたずねた。

「できると思う。しかし、時間が必要だろう」

「このヒールの兄弟たちにはもう時間がない！」

クス・ホウはクス・ファンを注意深く見て、

「きみのヒールは本当になついているようだ。そのようなケースは、ごくたまにあらわれる」

「ごくたまに？」クス・ファンは驚いてたずねた。「飼いならされたヒールの話など、わたしはこれまで聞いたことがない！」

「それはそうだろう。その類《たぐ》いの友情は通常、ほかのパルシネには理解されない。よりにもよってヒールと友情を結んだ親戚や知り合いを他者に向かって自慢する者など、いないからな。こうしてすべてはあっさり黙殺される。しかし、ときどきは起こることだ。さて、このちいさな遺体をよく調べなければならない。きみにはつらい光景だろう。外で待っていたほうがいい」

クス・ファンは素直にその場をはなれた。

待っているのは本当につらかった。クス・ホウが呼ぶまで長くかかったからだ。

「きみのヒールにどんな餌をあたえたのだ？」賢者の老パルシネはたずねた。

「肉と野菜と果物をあたえた」

「自動供給装置からとりだしたものか？」

「ほかになにがあるんだ？」

「ああ、すこし苦労すれば、自動供給装置をまったく使わずにすむ。ある成分が入っていない食糧を手に入れればいい。確信があるわけではないし、さらに調査をつづける必要はあるが、その成分がこのちいさなヒールを殺したのはありえることだ」

「いったいどんな成分だ？」

「気の毒な話だが」クス・ホウは狼狽してつぶやいた。「しかし、それ自体はまったく自然で当然のことだ。この長い飛行がわれわれにどのように影響をおよぼすか、だれにもわからない。あらゆるもめごとを避けるためには……つまり、端的にいおう。いかなる理由があっても船の幹部や、それどころか乗員の多くも、発情状態になってはまずいのだ。そこで、自動供給装置を通して手に入る食事と飲み物には、それを防ぐ薬物が入っている」

クス・ファンは、災難ナンバー3との共同生活が自分にそれなりの好影響をもたらしていることを確信した。以前ならこのような事実にショックを受けたかもしれないが、いまは平然と受けとめることができる。

「その薬にヒールを殺す可能性があると思うのか？」クス・ファンは訊いた。

「成獣に影響をあたえるものではまったくない」クス・ホウは考えこんだ。「わかったのはそれだけだったが、その後、この薬物が驚くほど高濃度でいくつかの臓器に見つかった。本来ならば、このような不確実な手がかりをもとに治療の提案をするのはまったく不本意だ。しかし、きみはとても急いでいるらしい。これまでわかったほんのわずかなことで、なんとかしなければならないだろう」

クス・ホウは触腕ですべるようにその場をはなれると、すぐに、よく見かけるパッケージをひとつ持ってきて説明した。

「これはきみが自動供給装置からとりだすものと外見は区別がつかない。さっき話した薬物には、においも味もないのだ。しかし、これには入っていない」

「たしかか？」クス・ファンは不審げにたずねた。クス・ホウは子供のヒールの命などまったく興味がないかもしれないと、気がついたからだ。

老パルシネはクス・ファンの心を読んだかのようだった。

「もし、わたしがきみのヒールたちを死なせるつもりなら」ゆっくりといった。「もっと賢く、本当に安全なやり方を使うだろう。クス・ファン……われわれがどのような問題にぶつかっているか、きみは知らないかもしれないが、その薬物で子供のヒールが実際に死ぬのならば、それは毒を持つ小動物との戦いにおける大きな前進だ。成獣のヒールもそれで駆除できるかもしれない。わたしはその手がかりを追求しなければならないのだが、きみも知っているように、ヒールを使って実験することはほぼ不可能だ。だから、きみの奇妙な女友達とその子供で実験する。きみのヒールときみ自身にも好都合だろう。もしわたしの推測が正しければ、きみのヒールとすくなくとも数匹の子供は生きのこり……それ以外はついに厄介ばらいをすることができる」

そういうことだったのか！

クス・ファンはクス・ホウがさしだしたパッケージを見た。このようなやり方で研究に役だつと思うと不快だが、それを顔には出さず、目下のことにだけ集中する。

「それでいい」クス・ファンがそのパッケージを受けとったとき、クス・ホウはほっとしていった。「また必要になったら、とりにくるように。効果はもちろんすぐには出ない。子供のなかにはそれでも死ぬものもいるだろう。それをわたしのところに持ってきてほしい」

クス・ファンは災難ナンバー3のことを思った。悲しげに例の箱へと力なく歩いて、子供たちを埋葬していたことを思いだすと、この場から走り去り、どこかにもぐりこみたくなる。しかし、その奇妙な薬物そのものが、ヒールの赤ん坊をすべて、ゆっくりとだが殺すのだ。災難ナンバー3にほかの餌をあたえなかったら、いつか同じようになるかもしれない。そうならないといいきれるのか?

「持ってくるよ」クス・ファンは打ちひしがれて約束した。

＊

クス・ファンはゆっくりと重い足どりでキャビンにもどった。

やめたほうがいいのではないか。クス・ホウがヒールを絶滅させる方法を発見するために、災難ナンバー3と子供たちを救おうとするのなら、それはわたしのエゴだ。

災難ナンバー3はどう思うだろう?

災難ナンバー3を呼んで、クス・ホウがくれた食糧を与えようとした。しかし、ためらって、通信装置のところへ行く。クス・ホウが応答したとき、たずねた。

「そもそも、なぜ例の成分をふくんでいない食糧を持っているのだ?」

「パルシネのなかにはそのような添加物にとくに強く反応する者がいる」クス・ホウは平然と答えた。「その者たちは無気力になり、嗜眠《しみん》依存症に悩まされる。それをふたたび通常の行動にもどすのには、薬物の入っていない食糧がいくつかあれば充分なのだ」

納得のいく話だ……あるいは、すくなくともそう聞こえる。クス・ファンは通信を切ったが、それでもなおためらっていた。災難ナンバー3はまだ出てこない。このところ、こちらの呼びかけに答えるのがとても遅くなってきている。クス・ファンは巣をじっと見つめ、ヒールがあらわれるのを待った。自分はなにをすればいいのだろう。

ついに災難ナンバー3が姿を見せた。また動かないちいさなつつみを口にくわえて、やっとのことで箱のなかにおりていく。作業を終えると、パルシネのほうを向いた。目はうつろで、その動きはとても疲れているようだ。

「こっちにおいで、わたしのちびちゃん！」クス・ファンはクス・ホウのくれた食糧を床に置いた。

いつもよりもゆっくりと食べるヒールを、クス・ファンはそっとなでた。餌をすこしのこしたのははじめてだ。クス・ファンは巣にもどっていく災難ナンバー3を憂鬱な気持ちで見送った。いつもうっとりと見ていた優美さとしなやかさはもうない。

雄ヒールがここへ入ってくるのを、許すべきではなかった！　いまさら考えてもしかたないことだが、もっと心を配るべきだったのだ。災難ナンバー3がもう成獣になっていたことに、もっと早く気づくべきだった。それに……

自分への非難項目のリストはあまりに長く、気分がめいる。クス・ホウを信じようとした。動機はたしかにありがたいものではないが、そのかわりに嘘いつわりがない。まだ希望はある。きっとあるはずだ！

＊

クス・ファンが食糧を持ってくると、災難ナンバー3は次の子供を埋葬していた。ますます深まる絶望を感じる。クス・ファンはもはや子供たちの生命への不安だけでなく、自分のちいさな女友達を失うことを恐れていた。災難ナンバー3が前にもましてゆっくりと巣から這いでてきたとき、その恐れはほとんど確信となった。ひどく弱っていて、ほとんど歩くことができない。クス・ファンがひと口ずつあたえる餌もすこししか食べず、からだは燃えるように熱かった。

「災難ナンバー3を助けてくれ！」クス・ファンはクス・ホウのところにまた食糧をとりに行って、たのんだ。「このままでは死んでしまう！　なにか方法があるはずだ！」

「特効薬がひとつある」クス・ホウは答えた。驚いたことに、その声には同情の響きがこもっていた。「しかし、それはパルシネ用だ。われわれには無害な成分でなぜヒールが死ぬのか、それすらわからないのだぞ……その特効薬がきみの女友達にとどめを刺すかもしれない。きみはそのリスクを冒す気があるか？」

クス・ファンは考えようとしたが、出口のない迷宮のなかでなにも考えられなくなっていた。

「それほど真剣に考えることはない」クス・ホウはいった。「そもそも、ヒールはわれわれパルシネのように長生きではない。災難ナンバー3がほかのヒールよりも長く生きるとしても、いつか死ぬときがくる。それはともかく、いまはまだ希望がある。きみのヒールがいま体力を消耗しているのは、子供を産んだためだ。最後の子供が死ねば、自分の命のためにもっと集中的に戦うだろう。クス・ファン、なんといってもヒールなんだから！　いかに粘り強い動物か、きっとわかる！」

しかし、クス・ファンはこのところ、非常に弱く繊細で抵抗力のないヒールもいるということを目《ま》のあたりにしている。だから、黙って受けながした。

キャビンにもどると、災難ナンバー3が身動きもせず巣の前の床に横たわっていた。クス・ファンは頭を抱きあげ、水を飲ませた。災難ナンバー3は巣にもどろうとしたが、できない。クス・ファンは柔らかいクッションにかこまれた巣を開いてみた。災難ナンバー3はそれをとめることもできない。

なかには死んだ子供が二匹、横たわっていた。一匹は生きていたが、非常に弱っている。目は開いているが、じっと一点を見つめたままだ。クス・ファンが触腕で巣を開いて目の前にいることにも反応しない。目が見えないのだ。ショックだった。

ちいさな遺体は遠ざけて、災難ナンバー3を子供のそばに寝かせた。目の見えない赤ん坊は乳を飲み、それからやっとまるくなって眠りこむ。もう二度ともう目ざめないかもしれない眠りだ。

しかし、災難ナンバー3はまだ生きていた。全身が痙攣し、心臓の鼓動は不規則だが、それでも生きている。

「どのようなリスクもいとわない」クス・ファンはクス・ホウにいった。「こちらにその特効薬を持ってきてくれ。急いで！」

驚いたことに、クス・ホウは本当に急いだようだ。

「わたしが予想したような効果があったら、ついにわれわれにもヒールと戦う手段ができる」それだけいって、災難ナンバー3にパルシネ用の特効薬をあたえた。「もし、このヒールが死んだら、わたしにとってとくに価値あるものになるのだ。わかるな？」

クス・ファンは答えに詰まった。クス・ホウが立ち去る足音が聞こえ、その直後、キャビンが包囲されているのに気づいた。クス・ホウは本当に災難ナンバー3の遺体を手に入れるつもりらしい。

しかし、このヒールはまだ生きている。本能的にクス・ファンはちいさなからだをマッサージしはじめた。長い時間つづけて、ついに……痙攣がとまった！　災難ナンバー3の腹が膨らみ、そっと沈んだ。それも、規則的に。

6

災難ナンバー3は当初はまだ危険な状態だったが、しだいに回復し、最悪の状況を脱した。しかし、すっかりようすが変わったようだった。

クス・ファンはいつものようにクス・ホウのところに食糧をとりに行った。クス・ホウは食糧をわたすと、必ずヒールの容体について細かくたずねる。ますます熱心に、パルシネの病気よりもヒールの撲滅にとりくんでいるようだ。そのため、クス・ホウのところで一名の患者と出会ったときには、かなり驚いた。

「ちょっと待っていてくれ」クス・ホウにいわれてクス・ファンはおとなしく待った。しばらくしてなかに入るようにいわれたときは、その患者はすでに姿を消していた。

「やはりここでも起きたか」クス・ホウは意気消沈している。

「なにが起きたのだ?」クス・ファンは驚いてたずねた。

「それがはっきりわかったら、もっと気分がいいだろう。わたしにいわせれば、むしろ顧問の担当かもしれない。しかし、一方で……本当の病気と思える症状もある」

「なんのことだか、さっぱりわからない!」

クス・ホウは驚いてクス・ファンを見つめた。

「すっかり忘れていたよ。きみはひたすらヒールの面倒をみていたのだな? そのあいだになにが起きたか、まったく気づかなかったのだろう?」

「そうらしいな」クス・ファンは不機嫌につぶやいた。

クス・ホウは、クス・ファンとク・ウェルとの話し合いについて、なにも知らないらしい。だから、ヒールのことが心配で、クス・ファンがキャビンに閉じこもっていたと思っているようだ。そうしたことはよくあるのだが……通常ならヒールとはなんの関係もないとしても。

「ほかの布教船はすべて帰還するという通信連絡を聞いたか?」クス・ホウはたずねた。

「聞いていない!」クス・ファンは啞然として思わず叫んだ。

「われわれがミニ銀河を調査していたときのことのようだ。《布教1号》はそこにかなり長くとどまったが、それに対してほかの船はすぐに航行をつづけた。どうやらク・ウェルの見こみ違いで、すくなくともわれわれパルシネに関しては、考えたとおりに〝告知者〟が作動しなかったらしい。ほかの布教船では一時、大変な状況だったにちがいない。多くのパルシネは謎の病気に罹患《りかん》し、数名は自殺した。しかし、それはまだ序の口だった。はげしい争いが勃発したのだ……パルシネ同士の!」

クス・ファンは衝撃を受けた。同じことをすでに一度、体験していたのだが……

「はじめからそれを恐れていた」クス・ファンはつぶやいた。「しかし、だれもわたしのいうことを信じようとしなかった。とくにク・ウェルは。われわれは無限の虚無空間に耐えられない。なぜなら、それがウクスフェルドの教えに逆らうように見えるからだ」

「それだけが原因だと、本当に思うのか？」クス・ホウはたずねた。「最近わたしのところにくる患者がますます増えている。たいていは急性の消化不良で、二番めに多いのは突然に起こる痛みだ。それから血流が悪くなり、目眩が起こり、完全に無気力になる。突然に失明したパルシネも二名いる。難聴を訴える者もいて、数名は方向感覚を失った。すべては外の虚無空間のせいなのか？　信じられない！」

「これらのすべての病気に共通していることを探すべきだ」クス・ファンはいった。

「そのことはわたしもわかっている」クス・ホウは不機嫌にいった。「しかし、なにも見つからなかった」

「探す場所を間違えたからだ。自分の専門領域に合致する共通性に注目して探したのだろうが、それでは答えは見つからない。もっとていねいに調べれば、ほとんどウクスフェルドの教えだけに関わってきたパルシネが、まず罹患していることがわかるはずだ」

「どのパルシネも、ひたすらウクスフェルドの教えとともに生きているのだぞ！」

「ああ、すでにそこに違いがある。たとえばあなたは病気の者を治療したり、数多くの実験をする。そのさい、いかに無限の虚無空間とウクスフェルドを肯定的に結びつけるか、などということを四六時中、考えたりはしていないだろう」

「そうしたことを考える時間のあまりない者でも、罹患している」

「それは任務でしょっちゅう無限の虚無空間と対峙しているパルシネだろう」

「たしかに!」クス・ホウは驚いていった。「その対策もいま教えてくれたら……」

「虚無空間を忘れるほど強力ななにかに患者を従事させて、ほかのことを考えるようにしむければいい」

クス・ファンは一瞬ためらった。災難ナンバー3に申しわけない。許してほしいと思った……もし、災難ナンバー3がかれの行為を理解できるとしたら、の話だが。ヒールのことは好きでも、いざとなるとパルシネの幸せが優先する。それには、宇宙船の全乗員が発狂するのをもう二度と経験したくないという、正当な理由もあった。

「患者に命令しろ。ヒールを布教船の、もっとも薄暗く危険なすみっこに追いはらうようにと」クス・ファンは荒々しくいった。「ヒールを一匹でも見つけたら、躊躇するな!」

クス・ホウはクス・ファンを啞然として見ていたが、すぐに次の質問をしようとした。しかし、クス・ファンはこの話題をつづける気分ではない。

「災難ナンバー3の食糧をくれ!」と、たのんだ。

＊

数日後のある日、自室キャビンにもどると、災難ナンバー3は姿を消していた。呼んでみたり、もぐりこみそうなすみっこをすべて探したりしたが、見つからない。

クス・ファンは深い絶望に襲われた。興奮し、急いでクス・ホウのところへ行く。

「どこにかくしたのだ?」クス・ファンは激怒した。「すぐに出せ!」

クス・ホウは驚いてあとずさった。なにがなんだかわからないらしく、

「なんのことだ? わたしがだれになにをしたというのだ?」

「災難ナンバー3のことだ、あたりまえだろう!」クス・ファンはどなった。「子供だけでいいといったではないか、違うのか? どこにかくした?」

「特効薬を投与してから、あのヒールは一度も見ていない」クス・ホウはたしなめるようにいった。「また見たいとも思わないが、それはさておき、災難ナンバー3がかんたんに捕まらないことも、どこかにかくしたりできないことも、きみがいちばんよく知っているだろう。きみには従順だったかもしれないが、わたしには、まったくふつうのヒール以外のなにものでもない!」

よく考えると、クス・ホウのいうとおりだ。しかし、そこにはもっとはるかに衝撃的

な可能性がふくまれていた。

「あなたがほしがったのは生きているヒールではなく、死体だ」クス・ファンはいった。

「災難ナンバー3を殺したんじゃないのか?」

「違う」クス・ホウはしずかにいった。「クス・ファン、わたしは個人的にはヒールが嫌いだ。きみはそもそもわかっているのか? パルシネがかかる数すくない感染症は、ヒールが媒介してわれわれのドームピラミッドに運んでくるのだぞ。災難ナンバー3は清潔で、手入れもいきとどいている。寄生生物や病原体はたしかに持ちこんでいないだろう。しかし、それは例外だ。通常のヒールは汚く、嫌悪感を催させる。ヒールを徹底的に駆除できるなら、わたしにとってはよろこばしいだろう。しかし、きみと災難ナンバー3のあいだにとても強い感情的な絆《きずな》があるのがわからないほど、わたしはばかではない! 船内はすでに充分、混乱状態だ……そんななかで、わたしがきみをそのように苦しめると本当に思うのか? それにいま、ヒールは実際に多少なりともわれわれの役にたっているようなのだ!」

「あれをすでにためしたということか」クス・ファンは驚いてつぶやいた。

「そうだ。きみのいったとおり、血行不良や痛みを訴えたり、失明したといったりしていた者たちがみな、ヒールを見たとたん、そんなことは忘れたようになる。とはいえ、かならずしもわたしが望んだように反応するわけではない。しだいにわかってきたのだが、われわれパルシネにもまださまざまな攻撃性が眠っていたようだ。それらの患者がなにをするかわかるか？　太古のパルシネのように、触腕や金属棒やその他の原始的なやり方を使って、ヒールに襲いかかるのだ。狂ったように襲いかかるあいだ、その攻撃性は、すくなくとも自身やほかのパルシネには向かわない。それがせめてもの救いだ！」

　これを聞いてもなぐさめにはならない。ウクスフェルドの教えと虚無空間とに絶望したそんなパルシネの一名が、野蛮さをむきだしにして自分のキャビンに押し入り、災難ナンバー3を殴り殺す場面をクス・ファンは思い浮かべた。

　懸命に気持ちをおちつけようとする。キャビンに争った形跡はまったくなかったし、警報も作動していなかった。さらに重要なのは、クス・ファンが見たところ、災難ナンバー3はすっかり元気を回復していたことだ。弱っていたときなら、なんなく殴り殺せたかもしれないが、いまはもうそうはいかないだろう。

「災難ナンバー3には世話をする子供がいない」クス・ホウがいった。「成獣の雌ヒールとしては欲求不満な状態だ。適当なパートナーを探すために、遠出したのだろう」

「あれの生息区域はわたしの自室キャビンだ。まだ一度もはなれたことがない」

「もちろんそうだろう。ほかのヒールとはきみは話していた。最初の出産の直前までは子供だったと。ヒールの子供がはじめて両親の生息区域をはなれるのは、性的に成熟期に入ったときだ。目を開け、クス・ファン。災難ナンバー3はもう、きみを必要とする成長不良の若いヒールではない。自分の面倒は自分でみられるし、そうしようとしている。たぶん、とっくに仲間のところへ行き、再利用システムの真っ暗なシャフトのなかで、いっしょに残飯をあさっている！」

「災難ナンバー3はそんなことはしない」クス・ファンは強くいった。「ほかのヒールとは違うんだ」

＊

災難ナンバー3はもどってくる。クス・ファンは帰り道でくりかえしそう考えた。クス・ホウにはわからない……たんに、あの子のことを知らないだけだ。

しかし、たえず疑念にさいなまれた。災難ナンバー3が本当に変わってしまったのはたしかだったからだ。ちいさな女友達がいなくなったのはしかたのないことだと自分にいいきかせる。仲間のところでヒールらしい生活を見つけたのならば、よろこぶべきかもしれない。だが、それがいつわりであることは自分でもわかっていた。

北ウクスフェランの山中では、野生のヒールが見られる。そこではパルシネの文明生活との接点がないからだ。野生のヒールは雑食動物で、フェルデルクセンの自然均衡をたもつ重要な役割をはたしている。実り豊かな時期には木の実を食べ、冬は狩りをして死肉を食う。病気で弱ったり、あるいはすでに死んだりした別種の動物を食うのに、なんの悪いことがあろうか？　ヒールがいなければ、ウクスフェランの山々の春は田園風景とはほど遠かったかもしれない。花咲く斜面で突然、パルシネより三倍も大きなプ・オル＝ファや山中に住むもっとも美しくエレガントなク・エリュフの腐乱死体に出くわすのはいただけない。きびしい冬には動物の多くが死ぬ。野生のヒールはその死体をかたづける。美と調和を愛するパルシネのために美しい光景を提供することの、どこが悪いのだ？

ヒールの自然の世界はドームピラミッドの深いシャフトでも、宇宙船でもない。だが宇宙船のなかにいれば、悪臭をはなち種々の黴菌《ばいきん》で汚染されたごみを餌にするしかなく、それでみずからが病気の運び手となる。これも、ヒールがさまざまな生活環境に適応する能力を持っているからだ。

クス・ファンは思わず立ちどまった。無限の虚無空間をうつしだしているスクリーンのそばを通りかかったときだ。

災難ナンバー3が本当に野生にもどると決心したのならば、できるだけのことをして、その手助けをしたいと思う。しかし、それができるのは布教船のなかではなく、ヒールらしく生きられる惑星で、パルシネの手がとどかないところだ。すべての自然の天敵には対処できると思う。年老いて戦えなくなるまでの話だが、そうなれば災難ナンバー3

はその惑星でみじめに滅びるのでなく、より強い者の獲物として、すみやかに痛みもなく死ぬだろう……すくなくとも、クス・ファンはそう願っている。

しかし、まだどの惑星からもはるかにはなれていた。隣接銀河までのとほうもない距離を考えると、不安になる。

あわててスクリーンから顔をそむけ、自室キャビンにつづく通廊を進んだ。いつものように外側防御エリアを過ぎて、警報を切ると、災難ナンバー3が跳びはねて近づいてくる。そのとき、クス・ファンはいかに自分の気持ちをいつわっていたかわかった。災難ナンバー3をいつの日か失ったら、その喪失感を完全に乗りこえることは二度とできないだろう。

このときほどヒールの出迎えがうれしかったことはない。災難ナンバー3はかれの触腕のあいだを器用にくぐりぬけながら、はねまわっている。両者は挨拶の儀式をぞんぶんに満喫し、クス・ファンは皮肉と同情のまじった気持ちでクス・ホウのことを考えた。かれの予想は大はずれだったのだ。クス・ファンは災難ナンバー3を抱きあげると、いつものように感謝と満足の念に満ちて室内に入った。なにも変わっていない。まったくなにも……

ところが、室内には見知らぬ子供のヒールが十四はしゃぎまわっていた。

＊

《布教1号》の船内の状況はますますひどくなる。そのカオスにヒールはおおいに貢献していた。ヒールたちもやはり無限の宇宙空間のなかにいて、しだいに凶暴になっていたのだ。最近、パルシネからはげしい弾圧を受けたことへの反動なのかもしれない。

以前のヒールにとって、実際の問題は罠システムだけだった。ヒールのわずかな知性では、罠システムとパルシネを直接には結びつけられなかっただろう。だが、いまはもちろんすこし事情が違う。この状況の変化にヒールが驚くほどすばやく順応したことを、パルシネも認めざるをえなかった。これまでヒールはパルシネを避けてかくれ、この巨大生物がめったに足を踏み入れない場所で生きることを選んできた。実際、罠をしかけたのがパルシネだということに、気づいていなくてもだ。自分たちの存在をパルシネががまんならないと思っていることは、とっくに知っている。

そのヒールが、いまはかくれて生きるのをすくなくとも部分的にやめて、自分たちをこれほどあからさまに排除しようとする者との戦いに突進していた。ヒールは敵の強さをそのつど驚くほど的確に判断する、非常に巧みな戦略家だった。

以前はパルシネからの直接の脅威を感じたときにただ噛みつくだけだったが、いまは正真正銘の奇襲に出る。敵を待ち伏せし、パルシネがそれぞれ仲間からはなれるのを辛抱強く待ち、すばやく攻撃するのだ。ヒールは経験豊富な斥候のねばり強く抜け目ない偵察のおかげで、あちこちにしかけられた罠にはまることなく、居住セクターにつづく通廊の場所を知る。それから、できるだけ休息時間のあいだに、気持ちよく眠ったり瞑想したりしているパルシネに襲いかかるのだ。

通常、パルシネはヒールに嫌悪感を覚えるが、あまり恐がりはしない。それでも、この宇宙でもっとも不快な存在を突然に目の前にしたら、それなりにヒステリックな反応をする。パルシネはこのこしゃくな襲撃に対し、ヒールが繁殖していると思われる領域を征伐することで応えた。ヒールはもちろんおもしろくない。このときからパルシネは、布教船内でつねに時と場所を問わずヒールの脅威を感じることになった。

パルシネにとって、このような不快さのたったひとつのメリットは、いかに無限の虚無空間とウクスフェルドの教えを融合させるかという問題に、もう頭を悩ませるひまがないことだった。しかし、そのために高い代償をはらうことになる。自分たちの命を救うため、以前には考えもしなかったことをあえてしたからだ。平和の伝道師として、すべてを説明するウクスフェルドの教えで宇宙によろこびをもたらし、そのさいに〝告知者〟の説得力ある放射以外の手段を使わないつもりだった者たちが、ほんものの武器の製作にとりかかったのである。

ナンセンスなのは、パルシネがまったくおそまつな兵器製造者だと判明したことだ。

はるか遠い昔、祖先がおろかで意味のない戦争をいくつかしていたころ、パルシネは新しい殺戮兵器の製造に関して、まさに創意工夫に富んでいた。だが、現代のパルシネはとっくにその技術をぜんぶ忘れている。かれらがつくったのは金属の棍棒や槍……あるいは、ヒールだけでなく乗員のパルシネごと、《布教1号》を真空に吹き飛ばすかもしれないような武器だった。

こうした状況で、突然、クス・ホウが登場し、説明した。

「われわれには無害だが、ヒールにとっては命とりになるかもしれない薬物がある。わたしはこれを偶然に発見し、それが確実に問題なく効くようにかなり前から改良をくわえ、配合することに従事している。しかし、助けがなければ、目標に到達するのに非常に長い時間がかかるだろう」

「必要な援助をすべてしよう」ク・ウェルは船内議会の名において保証した。

巨大船内のパルシネがすべて、夢中になって作業に打ちこんだ。生物学、医学、生化学、その他の専門知識がわずかしかない者たちもだ。力になれないと思う者は、疲れを知らぬ研究者たちがじゃまされずに作業できるよう、かれらにヒールを近づけないよう必死になった。

やがて、《布教1号》は次の目標に近づいていった。

クス・ファンは心を痛めながら船内の状況展開を見ていた。過去にもどって、おかした過ちをとりけせたらと願う。だが、そのように意味のない願いは、パルシネらしくないものだ。

7

未知銀河に到達するまでにクス・ホウの研究が成功しないでほしいと、クス・ファンはひたすら願っていた。災難ナンバー3を船から外に出すためなら、あらゆるチャンスを利用しよう。たとえひどく不毛な惑星でも、ヒールにとっては、いまの布教船内よりは生きのびるチャンスがあるはずだ。

この理由から、クス・ファンは自分たちのめざす宙域をつねに注意深く観察していた。奇妙なことに、どんどん近づいてくる未知銀河の観察に専念しているのはクス・ファンだけのようだ。ほかの者はべつのことで忙しすぎるのか、それとも、クス・ファンが感じていることに気づかないのか……

もしかしたら自分は間違っているのかもしれない、と、はじめは思った。クス・ファンはすでにしばらく前から、ヒール一匹を飼うのにとどまらず、多くのヒールの友を受け入れていれば、災難ナンバー3はおだやかで機嫌がいい。それは気にならなかった。第一に、かれがヒールに休息場所のほか、食糧と水を提供することで、けっして有害なものはあたえていないと確信できた。あの危険な薬剤が自分の供給装置に混入されている場所を発見したのだ。念のためにさらに調査して、すくなくとも自分のキャビンでは、ヒールたちが有毒物質を摂取していないことを確信した。このような行動はたしかにふつうではない。もしかしたら、未知銀河でなにがパルシネを待っているのか、それを知ろうとすることも、ふつうではないのかもしれない。すべてはただの思いこみかもしれないのだ。

しかし、クス・ファンがヒールにかこまれて暮らしていることと、この動物がかれにけっして攻撃的な態度をとらないことは事実だった。災難ナンバー3が連れてきた子供たちだけというわけではない。左脇腹にひどい傷を負ってそっと近づいてきた、老いた一匹もそうだ。老ヒールはその傷を見せて、素人のクス・ファンの痛い治療をじっとがまんして受けた。災難ナンバー3の家族ではないし、以前に見たこともなかったが、クス・ファンがヒールを嫌っていないのがわかるのかもしれない。それはただの思いこみではなかった。クス・ファンは武器を携帯せずとも、なんの不安も感じずに布教船のどこにでも行くことができる、唯一のパルシネだった。

もし、クス・ファンがヒールを正しく評価しているのだとすれば、かれが未知銀河に関して想像していることも、間違っていないかもしれない。

しばらくぶりに巣兄弟ク・ウェルを探して、話をした。しかし、ク・ウェルはまったく聞いていないようだった。クス・ファンがそれでも話そうとすると、「もうコースを変えることはできない」と、怒ったようにいった。「それに、きみのいう銀河はずっと以前から観察しているが、ごくふつうの銀河だ」

「数百万年前には、たしかにそうだっただろう」クス・ファンは反論した。「われわれがフェルデルクセンで銀河の恒星光から受けとった情報は、非常に古いものだぞ、ク・ウェル！」

すでにク・ウェルはヒールの撲滅運動を組織することにとりかかっていた。しかし、災《わざわ》いを押しとどめることができなかったのである。数日後、《布教1号》が未知銀河の中心近くで、防御のためのエネルギー泡をはなれて亜光速航行にうつろうとする直前のことだ。その銀河がふつうどころではなく、まったく反対だということに、数名のパルシネが気づいた。まさに爆発しようとしていたのだ。これは銀河全体として非常に長い時間をかけて進行する。強烈なエネルギー前線と衝撃波があたり一帯に押しよせた。エネルギー泡のなかにいたので船はぶじだったが、その防御フィールドを出たら、状況は違うだろう。しかし、巨大船はそれをしなければならない。

引き返すのも、回避するのも、なんらかの対策を講じるのも、いまとなっては遅すぎた。すでにこの銀河の重力範囲にいる。銀河間エンジンのプログラミングにしたがう以外にない。そのプログラミングによれば、《布教1号》は銀河中心の方向に飛び、そのすぐ手前で相対的に静止することになっている。それは、パルシネが自分たちのような知性体といちばん早く出会えるものと期待しているポジションだった。結局、パルシネ種族も銀河の中心近くで発展してきたのだ。これほど完璧な種族が発展できるのはそこだけだと、かれらが思うのも無理はなかった。

それでも、パルシネはパニックとは無縁だ……突然ヒールが目の前にあらわれれば、話はべつだが。

「ここには伝道する対象がいない」ク・ウェルは船内議会で説明した。「ここで暮らしている種族は、いまはきっとウクスフェルドの教えを受け入れる状態ではないだろう。あらたな目的地をプログラミングしよう。銀河間エンジンが作動停止したら、すぐに新しいプログラミングが実行される。つまり、われわれが外の状況にさらされるのは、ほんの数秒だけだ」

クス・ファンは、そんなにかんたんに外の生き地獄から逃れられるとは思わなかった。しかし、ほかの者たちはそう思っている。だから、なにもいわなかった。

熱心な研究者たちからヒールを遠ざけておくことに乗員の大部分が全力を注《そそ》いでいる

あいだ、比較的ちいさなグループは銀河間エンジンのプログラミングを書き換えるという課題に夢中になった。そのうち、大胆な伝道者数名が使命そっちのけになってきた。その場でまわれ右をして、ウクス＝フェルドⅡにもどることしか望まないというのだ。それに対して、ク・ウェルやいくらか意志のかたいパルシネたちは、さらに遠方の銀河に飛ぶことに固執《こしつ》した。パルシネはとにかく仲間内の調和をだいじにする。ふつう、だれかの気まぐれでなにかが決まることはない。だから、この問題はとことん議論し、あらゆる方向から光を当てなければならなかった。

議論はもちろんおおっぴらにおこなわれたので、もともとプログラミングになんの関係もなかった者たち全員がすぐに参加し、ヒールのことすらほとんど忘れてしまう。陰険な動物たちはこれさいわいと、非常に危険な攻撃をはじめた。なかでもひどいのは、供給網の分配所のひとつに侵入したことだ。そこにパルシネ暦で三日のあいだこもり、出てきたときには、分配所のすべての食べ物は排泄《はいせつ》物で汚染していた。

こうして、船の全セクションが麻痺状態になった。パルシネは船内をあちこちうろつくはめになる。急いで作成された緊急分配計画にしたがって食糧を受けとりに行くためだ。だがそれができるのも、もちろん健康をとりもどしてからで、それまでは看病を必要とした。というのは、このトラブルのあとすぐに、消化器官にさまざまな障害が出たからだ。

このような混乱が布教船内で起きたことはなかった。フェルデルクセンではいうまでもない。パルシネは非常に勤勉な生物で、みずから進んで身を粉にして働く。しかし、ある状況におかれると、必死になりすぎる傾向もある。そう、身のまわりのことをすべて忘れてワーカホリック状態になるのだ。

具合が悪くなったのは乗員の二割だった。なんとしても助けなければならないということで意見は一致したものの、パルシネには病気の経験がほとんどなく、たいていはヒステリーが原因だったから、同胞の体調不良を重篤《じゅうとく》な病気だと思いこみ、罹患者以外の乗員の二割は休むこともなく看病した。またべつの二割は汚染された供給システムを徹底的に清掃・除菌するため、疲れはてるまで働いた。ヒールの置きみやげがかくされていないことを完全に確信しないかぎり、ひと口でも供給システムの食糧を食べたくないからだ。さらにべつの二割は棍棒を振りまわしながらヒールを追いはらうことに夢中になった。ヒールたちは新しい食糧供給源を発見し、持ち前のしつこさで、もよりの分配所を汚染する作業にはげんでいた。清掃グループを襲うことで満足しないときは、思いきった襲撃で患者や看護者を不安と恐怖におとしいれ、汚染されていない食糧の輸送を妨害する。これはとてもうまくいった。輸送手段には、ウクスフェルドの意に沿ってプログラミングされたロボットがおもに使われたため、ちいさなヒールは慈悲深く見逃されたからだ。

のこりの二割は乗員の知性的な核となる者たちで、このカオスを統制することができるパルシネだった。しかしそれ以外にも、船全体が機能する状況をたもたなければならず、クス・ホウとその助手たちにとっては、研究作業をおろそかにすることなど問題外だった。この二割に属する者は、完璧な種族であるパルシネの平均よりもさらに専門的な知識を持ち、たぶん知性も精神の活発さも、よりすぐれていると思われるが……とはいえ、パルシネであることにかわりはない……その者たちも混乱状態におちいる。あまりに多くのことを同時にかたづけなければならなかった。懸案事項の大半は努力してとりくめばかたづくものだし、パルシネはそうしたことにとりくむのが好きだった。たとえ、それを自分たちは認めないとしても。だが、違う性質の問題がひとつある。目下、これが非常に悩みの種だった。

この状況でどうやって、おちついて感情的にならずに新しいコースについて議論できるだろうか？　乗員の八割はまったく議論に参加できないのに、一致した結論を出せるのか？　それはべつとしても、この議論はあつかいにくい問題だった。意見の一致が見られるかどうか、ク・ウェルでさえ確信はない。それでも決断をくだすことはできるだろう。反乱を覚悟すれば……

そんなことは考えるだけでもぞっとした。意見の不一致はパルシネ的ではない。いまは実際、懸案の問題だけにとりくむほうがいい。この危機を乗りこえたら、おのずと意見は一致するだろう。それでもまだ、気にかかることはある。みなとっくに仕事をはじめていた。引きこもってあれこれ考えているのはク・ウェルだけだ。これもパルシネ的ではない。布教船の船長は仕事にとりかかることをためらい、ほかのパルシネ十数名を遠ざけているのだ。

ク・ウェルはもう一度、エネルギー泡の外の状況について調べてみた。最初の印象ほどひどくはないようだ。《布教1号》はすでにかなり速度を落としていた。パルシネたちは、まちがいなく何百万年もつづくであろうカタストロフィの影響下にある……ある意味、低速度撮影で見ているようなものだ。ショック波とエネルギー前線は、もともと想定されたよりもはるかにゆっくりと動いていた。

船内の制御をとりもどすには、パルシネ暦で二日かかるだろう。船が通常空間に復帰するのはその数時間前だ。ふたたび船内がおちついたら、すぐに論争から意見の一致を導きだせる、と、ク・ウェルは考えた。そんな短時間で船がショック波に見舞われる恐れは非常にすくないだろう。

そこで《布教1号》の船長も優先順位にしたがって仕事にはげんだ。まだためらっていたり、そのままにしていたことは、あとまわしになった。

銀河間エンジンが再プログラミングされることはなかった。

＊

クス・ファンには、船内のなりゆきがますます理解できなくなっていた。自分たちはいまエネルギー泡に守られ、爆発で恐ろしく混乱している銀河を抜けて飛行をつづけているが、近いうちにとてつもない困難に遭遇する。ク・ウェルやほかの乗員はなにをしているのだ？　なにもしていない。

種族がそれほど大きな間違いをすることはないだろう、と、クス・ファンはみずからにいいきかせた。自分がまたしても気づかないだけで、パルシネたちは知らないうちに突破口を見つけているのかもしれない。

「きっとそうだ」クス・ファンはスクリーンを見ながらひとり言をいったが、それでも安心できない。その反対で、恐ろしく不安になる。できればク・ウェルのところへ行きたかった。布教船にどんな防護処置をとったか、きっと教えてくれるだろう。しかし、ク・ウェルの注意が自分や災難ナンバー3に向くのが恐い。ここのところ船長は、多少なりともこちらのことを忘れたようだったからだ。

クス・ファンのキャビンでなにが起きているかク・ウェルが知ったなら、厄介なことになるかもしれない。子供のヒールや負傷して養生するヒール、餌を食べに立ちよっていく多くのほかのヒールがいるだけではなく、もっとひどい状態だったからだ。いつのまにか、雌ヒール十数匹がこの安全な避難所で子供を産むと決めていたのである。さすがのクス・ファンも、友の選択にすこし失敗したかと感じた。いつも騒がしいので、慢性の睡眠不足に苦しむことになる。鉢形シートにすわろうとするたび、その下に子供がかくれていないかたしかめなければならない。災難ナンバー3がなんらかの方法で配慮しているのか、自分のお気にいりの場所はたしかにこれまで被害をまぬがれている。読書ディスクはまだ一枚も食い破られていないし、さまざまな思い出の品のコレクションも壊されていない。最近はまずとにかく、それほど壊れやすくないものもしっかりとした箱に入れることにしていた。それでも、ヒールはあちこちにいる。これまでいやな経験をしなかったからといって、これから先どうなるか確信はなかった。

その一方、動物たちのおかげでとても楽しい。とくに子供たちは愉快で遊び好きだった。しかし、災難ナンバー3の死んだ子供のことを考えると心が痛んだ。その子たちはほかのどのヒールよりも、にぎやかでかわいらしかっただろう。

災難ナンバー3はあの悲しい経験を完全に忘れてしまったかのようだった。ほかの成獣のヒールとほとんど区別がつかなくなっている。ただ、よく見ると……そして、クス・ファンのようによく知っていると……違いがわかる。それは災難ナンバー3だけではなく、ほかのヒールでもいえることだが、いずれにしても、クス・ファンはどれが災難ナンバー3かすぐにわかった。

《布教1号》はカタストロフィに向かって進んでいる……それをとめることはできないのか？　クス・ファンはなぐさめと気分転換をもとめて自室キャビンにもどった。そこには成獣のヒールが一匹いた。どうやら死期が迫っているらしく、最後の力を振りしぼってここまできたようだ。雌ヒールは自分の子供のこととなると非常に愛情深くあつかうが、よその子供が死んでいたらそれをためらいなく食べるし、成獣の死体もすばやく徹底的にかたづける。それでも、病気や寄生生物が原因で死んだ同胞には触れないだけの理性は持つらしい。

横たわっているヒールを雌ヒールたちがとりまくのを見て、その運命をクス・ファンは知った。ひどい傷を負っているが、病気ではないようだ。数分遅くもどってくればよかった。たぶん問題はおのずとかたづいていただろう。

かれはためらいがちに雌ヒールたちを追い散らし、傷を負っている動物をよく見た。しばらくして、驚きで身をすくませる。それは災難ナンバー3だったのだ。

パルシネに対する襲撃にくわわったらしい。このような恐ろしく深い傷は、槍によるものしか考えられない。すでに災難ナンバー3はこの武器で二、三回やられている。それでもこれまで、傷はのこったがなんとか切りぬけた。それに懲《こ》りて、もっと慎重になってくれればいいと願っていたのだが、いま非常に深い傷を二カ所に負って、目の前に横たわっている。痛みと出血で、頭をあげられないほど弱っているようだ。

クス・ファンはもう負傷ヒールの治療にくわしくなっていた。クス・ホウに何度も連絡して、いくつか薬を手に入れている。チンキ、軟膏、包帯があるし、造血作用を促進する微量元素とビタミンを餌に混ぜれば、失血にも対処できる。この場合それで充分かどうかはわからないが、クス・ファンはすくなくともいまは、災難ナンバー3が次々と子供を亡《な》くしたときのようにうろたえなかったし、無知ではなかった。

痛みを和らげ、傷の手当てをして、餌をあたえる。反応はない。かわりに成獣のヒールたちがまた集まってきた。〝葬儀〟にそなえるつもりだろう。クス・ファンはビタミンと微量元素を水に混ぜてあたえたが、災難ナンバー3は飲むことができない。葬儀係たちの輪がよりせまくなる。必死の思いでクス・ファンは抗炎症剤を一回ぶん、注射器に吸いあげて、それにビタミンと微量元素をくわえると、災難ナンバー3に注射した。これがどのように作用するか定かではないし、無意味かもしれない。水と食糧を拒むヒールはすでに死んでいるのも同然だ。災難ナンバー3は新しい血液を必要としている。ほかのヒールから輸血するのは、すくなくともクス・ファンにはまったく不可能といっていい。使える必要最小限の装置もないからだ。ヒール一匹の命を、できるかぎりすばやく衛生的なやり方で終わらせるのでなく〝救う〟ための、わずかな知識でも持っているパルシネが皆無《かいむ》だということはべつにしても。

クス・ファンはパルシネ暦で一日じゅう、災難ナンバー3を見守っていた。本当にその言葉どおり、重傷を負った友をずっと見守りつづけることで、ほかのヒールが葬儀を実行できないようにする。やがてほかのヒールは引きあげていき、自分たちのいつもの仕事に専念した。クス・ファンはやりとげたのだ。

クス・ファンは規則的にしずかに息をしている災難ナンバー3を、そっと自分の鉢形シートに運んだ。災難ナンバー3が自分で造血作用を持つ物質の入った水を飲み、食糧も口にすることができるようになるまで、定期的に注射をする。

あれやこれやで、《布教1号》がどのような厄介な状況におかれているかを完全に忘れていた。負傷して以来はじめて、災難ナンバー3がふつうの食事をし、クス・ファンの鉢形シートで寝ようとしていたときのことだ。突然、強い衝撃が船全体にはしった。布教船ははげしくローリングし、ヒールたちは耳を聾《ろう》する叫び声をあげた。クス・ファンは麻痺したようにしゃがみこみ、ひたすらひとつのことだけを考える。やはり、それが起きたのだ！

8

困難が生じたのは、根本的には銀河間エンジンのせいだった。困難とはつまり、ほぼ救いようがないということだ。非常にすぐれた独自の探知システムを持つエンジンだが、《布教1号》の行く手に重力波を発見し、それに惑わされてしまった。この重力波は、船がそもそも向かうことになっている銀河の相対的な中心とはなんの関係もない。しかし、エンジンはそれを感知できなかったから、減速し、防御バリア・フィールドを解除したのである。これまで比較的無害だった重力波が、いまは非常に危険をはらんだ形態になったことを探知さえしなかった。その任務を終えていたからだ。エンジンは作動をとめた。銀河内で船を操縦するのはパルシネの役目になっている。

しかし、パルシネたちはほかのことで忙しく、ク・ウェルでさえ本来の脅威を忘れていた。それはべつとしても、銀河間エンジンがとまるのは数時間後だろうと思っていたのだ。重力波が行く手をさえぎる可能性があることなど、予測もしていなかった。

だがこの瞬間、なぜ、どうして、などと考えた者はだれもいなかった。布教船はひどい宇宙嵐のただなかに入っていたからだ。

宇宙嵐は通常スクリーンではよく見えなかった。ただ、未知銀河の星々がときどき、大気につつまれた惑星から見ているように光り、おまけに奇妙な動きをする。上下左右にはねるのだ。なにが起きているのか、とっさにク・ウェルはわからなかったが、しばらくして、目の錯覚だと気づいた。星々がはねているのではなく、船があちこちに飛ばされているのだ。北ウクスフェランにある山中の急流を流れる枯れ枝のようだった。

だれかが特殊レンズに切り替え、ク・ウェルは驚きで身をすくめた。

目に突き刺さるような、燃えるように真っ赤なラインがスクリーン上をかすめる。同時にスピーカーからきしむような、なにかをこするような、割れるような音がとどろいた。宇宙嵐にとらえられ、まばゆい触腕のような稲妻がはしる生き地獄のまっただなかに引っさらわれて、布教船は回転し、ローリングしはじめた。

パルシネたちの故郷銀河はとてもしずかだったし、危険そうな宙域には最初から行かなかった。そんなところに、ウクスフェルドの教えに改宗させられる種族はいないはずだからだ。つまり、宇宙嵐を経験したことのある者など、船内にはいない……それとも、いるのか？

ク・ウェルは《布教1号》を自動操縦装置にまかせた。そうすれば自分も、操縦をたのまれたほかの者も、なにもしなくていいからだ。一方で、これは自動操縦装置には過大な要求だったことがはっきりとわかった。エンジンはうなりをあげるが、嵐の轟音《ごうおん》にまじって聞こえるだけだ。防御バリアが最高出力になり、エネルギー・レベルがゆっくりと確実にさがっていく。それでも巨大な布教船は嵐に翻弄《ほんろう》された。まるで、熱せられた液体のなかの、ひとつの極小色素のようだ。それにまわりの分子があちこちぶつかり、結局は壊れてしまう。

ク・ウェルはクス・ファンを呼びつけた。船内の全パルシネのなかで、かれがもっとも多く宇宙空間をあちこち旅している。宇宙嵐についても何回か報告していたのを思いだしたのだ。

クス・ファンはふらつきながらも、触腕を使って急いでやってきた。そこへ突然、嵐による衝撃が船にはしり、クス・ファンはまったくパルシネらしくないぶざまなジャンプとともに、ク・ウェルのいる司令室に跳びこんだ。

「失礼した」気持ちが動揺して、スムーズに言葉が出ない。

ク・ウェルは触腕一本を鷹揚《おうよう》に振って、

「きみはこのようなことを経験したはずだ」と、短くいった。「われわれをここから脱出させられるか？」

「わたしが？」クス・ファンはとっさに身をすくめた。「だめだ、ク・ウェル。それは不可能だ。わたしはこの船のことにくわしくない。たとえくわしいとしても、船外のこの状況はわたしが理解しているものとはまったく違う！」

「きみは布教船のことを知りつくしている！」ク・ウェルは不安をかくそうと、早口できつい口調になる。「きみはわれわれのなかでそれを熟知している唯一の者だ。いまはじめなければ、われわれはみな死んでしまう！」

「どっちみち、そうなるのだ」クス・ファンはあきらめたようにいった。「われわれは宇宙嵐のただなかにいて、脱出できない。嵐はわれわれを痛めつけ、《布教1号》をばらばらに破壊するだろう」

ク・ウェルは巣兄弟をじっと見つめ、怒りと絶望のあいだを揺れ動いた。死を恐れるのはパルシネ的でないが……それでも不安だった。ああ、ウクスフェルドにかけて、自分は恐怖のあまりクス・ファンを殺してしまいそうだ。しかし、そのはげしい恐怖がまさに、なぜクス・ファンがすでに戦意喪失しているかを教えてくれた。自分自身が巣兄弟を、死を恐れない者にしたのである。パルシネがヒールを友にするというのは、もちろん同胞への挑戦だ。物質の泉に行きたいというクス・ファンの願いは、がまんの限界を超えてあふれさせる最後の一滴だったのだろう。

しかしあのとき、クス・ファンを船内生活から大幅に締めだしたりせず、冷静に話をする努力をすべきだったのではないか。仕事がなく、共同体からもはずされたパルシネは、すでに死んだも同然だ。ウクスフェルドの掟はパルシネが自殺することを禁じているから、クス・ファンはこれからもずっと孤独のなかで生きなければならない。それならば、嵐と戦って苦しみをさらに長くする必要など、ないではないか？

「わたしは間違いをおかした」ク・ウェルはそう認め、すばやく計器類の表示に目をやった。すぐにもなにか起こらなければ、祖先が持っていた本能に負けて、巣兄弟を殺してしまうかもしれない。そうなれば、長い生涯ですくなくとも一度、衝動的な行動をすることになる……そこで気をとりなおし、さらにつづけた。「きみと腹を割って話したい、クス・ファン。クス・ホウとその助手たちが、ヒールを撲滅する薬を開発したのだ。しかし、もしきみが助けてくれるなら、わたしが個人的に肩入れして災難ナンバー3を救ってやろう。もちろん、われわれは次の目的地も決めなければならない……きみ自身の提案を採用するチャンスが生まれるぞ」

クス・ファンが黙りこむ一方、ク・ウェルは巣兄弟とエネルギー・レベル表示をかわるがわる見た。エンジンと防御バリアが莫大なエネルギー量を消費しているのに、自動操縦装置は本来のコースを維持できていない。ク・ウェルはクス・ファンをじっと見つめ、巣兄弟はほかになにを要求してくるのだろう、と、自問していた。自分の大きな勘違いには気づきもせず……

クス・ファン自身は孤独と感じてはいない。その反対で、やることもたくさんある。ヒールのおかげで大忙しだし、ほかのすべてのパルシネが嫌う生物を助けることに奇妙なよろこびをおぼえている。このことだけでも、死にたくなかった。しかし、船を救おうとすれば、遅かれ早かれクス・ホウの開発した薬がウクスフェランのパルシネにも伝わることになり、すぐに一匹のヒールもいなくなるかもしれない。

そうしたら、災難ナンバー3はどうなる？

クス・ファンは災難ナンバー3の面倒をみると、ル・フスに誓った。これに対して、ク・ウェルはそのヒールを生かしておくと約束した。災難ナンバー3は雌ヒールで、雌ヒールは子をはらむ。ちいさな女友達にいまその徴候はないが、いずれまた子供を産むことはたしかだ。その前にクス・ファンが災難ナンバー3をどこかの惑星に降ろすことに成功したら、パルシネたちは安心して宇宙船内の、さらにはウクスフェランのヒールを、すべて完全に駆除すればいい。この危険な銀河には、もはやパルシネの船は飛んでこないだろうから、災難ナンバー3の子孫はじゃまされずに増えていけるだろう。

「わたしのヒールが殺されないことと、新しいコースに関する議論にわたしが参加できることを、約束するか？」確認するためにクス・ファンはもう一度たずねた。

「約束するよ」ク・ウェルは真剣にいった。

「いいだろう」クス・ファンはいった。「この嵐から脱出するまで、わたしがきみの立場を引き継ぐ。自動操縦装置がわたしにしたがうように、操作してくれ」

ク・ウェルはクス・ファンのそばをはなれなかった。不信感からではなく、そこにいればなにかわかるのではないか、と、ひそかに思ったからだ。それはべつとしても、ここ司令室は布教船のほかの場所よりも安全なのだ……なぜ、そう認めてはいけないのか？ ク・ウェルの側近たちでさえ、ここが船のなかにあるもうひとつの船であることを知らないだろう。司令室は〝告知者〟と密接に結びついており、いわば宇宙航行が可能なカプセルなのだ。布教船が破壊されたとしても、司令室のユニットは〝告知者〟ごとそのままのこる。〝告知者〟は布教船の魂であり、パルシネにとってこの遠征の目的は宇宙の深淵を明らかにすることではなく、ウクスフェルドの教えをひろめることだからだ。

＊

クス・ファンは自動操縦装置にエンジンの停止を命令した。布教船が宇宙嵐と戦うのをやめると、もう防御バリア・フィールドにもそれほど強い負荷がかからなくなる。通常時空連続体に再突入して以来はじめて、やっとエネルギー・レベルがほんのすこしあがった。ところが、クス・ファンはまたそれを低下させることにした。自動操縦装置に命じて、使用可能なエネルギー量のすべてを防御バリアと衝撃吸収装置のために待機させたからだ。自動操縦装置が正確なエネルギー量をたずね、それにクス・ファンが答えたとき、ク・ウェルは巣兄弟を船長の鉢形シートからほうりだしそうになった。

しかし、思いとどまる。船はどのみちとりかえしのつかない状態だとわかっていたからだ。宇宙嵐は布教船よりも強力だった。ク・ウェルは〝すべての真実と意義はちいさきもののなかにひそむ〟というウクスフェルドの教えにしがみついた。宇宙嵐と比較すれば、布教船はちいさいどころか極小の存在で、大宇宙のなかにあるひとつの粒子にすぎない。しかし、この粒子はウクスフェルドの教えを携えている。いま《布教1号》のあちこちで照明が消えたからといって、なにが問題なのだ？　ウクスフェルドの教えに輝く明かりは必要ない。

ク・ファンは使えるすべてのエネルギーを防御バリアと衝撃吸収装置に集中させた。ときどき、いくらかはエンジンにもまわしている。しだいにク・ウェルにも巣兄弟の戦略がわかってきた。布教船はもはや重力嵐と戦わず、それに身をあずけているのだ。高出力の防御バリアがあれば、たまたま襲ってくる放射を完全に遮断できないにしても、限度を超えることはない。また、衝撃吸収装置にエネルギーを追加すれば、たびかさなる急激な方向転換での乗員の全滅は避けられるだろう。宇宙嵐のなすがままにするという受け身な抵抗で、船はエネルギー前線の奥深くに入りこんだ。その宙域は、外見上はたしかに命とりになりそうだが、状況は一定している。こうして比較的しずかな嵐のなかでは、船への負荷は、荒れ狂う外側宙域よりも驚くほどすくなくなった。

「それでも、ここに長くはとどまれない」ク・ウェルはおびえながらつぶやいた。

「わたしもとどまるつもりはない」クス・ファンはおちついて答えた。ク・ウェルは内心、こんな地獄を目の前にしておちつきをたもっている巣兄弟に驚嘆する。クス・ファンはつづけた。「これはふつうの宇宙嵐ではなくて、ひろがる前線……波のようなものだ。それがわれわれをどこに運んでいくか知らないが、数分後にはきっと抜けられるだろう」

ク・ウェルはいろいろ質問しようとしたが、クス・ファンは答えずにスクリーンを見ている。巣兄弟の気をそらさないようにとク・ウェルは黙ったが、クス・ファンがこのとき考えていたのは嵐のことでなく、傷ついたヒールのことだった。だが、いまは災難ナンバー3のためになにもできない。この揺れに耐えてくれることをひたすら祈った。

ついに、防御バリアの炎がほんのすこしおさまった。そのかわりに船がまた動かなくなり、はねはじめる。しかし、こんどはもうクス・ファンには船を波の中心のしずかな宙域にもどすことができなかった。防御バリアが崩壊する前にこの地獄から出なければならないからだ。はねたりローリングしたりしながら、重力波の中心からはなれ、ようやく星々がふたたび見えるようになる。エンジンがうなりをあげた。一瞬、クス・ファンもク・ウェルも《布教1号》はこの嵐から逃れられないのではないかと思い、ぞっとする……だがその後、巨大船は重傷を負った獣のようにうめきながら遷移して、カオスから解放された。

しかし、勝ちとったのは疑わしい解放だった。すでにその直後、エンジンの調子がおかしくなる。あまりに多くのエネルギーを消費し、すくなくともエンジン一基が壊れたようだ。クス・ファンは布教船を未知の星系にもぐりこませ、どうにか一惑星の安定軌道に乗せた。

＊

《布教1号》は難破船も同然だった。すべての損傷個所をくわしく調べる時間ができてわかったことだが、まだ問題なく動くものはただひとつ、〝告知者〟だけだ。

「問題ない」ク・ウェルは乗員に伝えた。「船をまた修理すればいい。そして、ウクスフェルドの教えをほかの銀河にひろめるのだ」

パルシネたちは船長の言葉をじっと聞いていたが、やがて、つぶやきはじめた。

「ほかの銀河がここよりましだと、どうしてわかるんだ？」と、質問が出る。「ウクスフェルドにもどって、われわれの経験を報告するほうがいいのではないか？《布教1号》は航行している最後の布教船だ。ここで起こったことをだれも知らなければ、すぐにべつのパルシネがわれわれのコースをたどってきて、破滅するだろう」

ク・ウェルは、それはあとで議論できると説明した。いまはまず船をふたたびきちんと整備するべきだ、と。パルシネたちは納得し、この種族の者しかできないような働きを見せはじめた。数日で秩序がもどってくる。すると、ひとつ問題にぶちあたった……暴《あば》れるヒールの群れもこれには手こずっただろうと思われるような問題である。銀河間エンジンが壊れていたのだ。修理はできない。完璧無欠のパルシネ種族が、このエンジンに関しては希少鉱物のいくつかの結晶にまかせきりだった。結晶は非常に長くもつし、ほとんど壊れないから、スペアをそれほどたくさん持っていく必要はないと思っていた。おまけに、とりわけその希少な結晶は、一見すると副次的な目的で使われていたからだ。よりによってその結晶のいくつかが、重力嵐のあいだに放射で破壊されたのである。なぜなのか、だれもわからない。放射の侵入は、この宙域にかぎっていえば最小限だった。そこにいたパルシネはみな健康被害もなく元気だし、いくつかの測量機器が反応しただけで、それ以外はすべて正常、大半の機器類もまだ機能している。ただ、結晶だけがだめになり……そこにヒールの死体がいくつもあった。

結晶のスペアはいくつか船内にあるが、充分ではない。銀河間エンジンをふたたび動かすのにはたりても、エンジンの本来の必要量には達しないだろう。いま現在の質量の船を、べつの銀河に輸送することはできない。

パルシネの多くが、身のまわりの荷物のうち、船外に投げすてることのできるよけいな品を探すあいだ、ほかの数名はクス・ホウの指揮のもと、まったくべつの問題に夢中になってとりくんだ。例の薬物である。

災難ナンバー3の子供たちが犠牲となったこの薬は、ヒールの命を奪うことを、そしていつか、絶滅させることをめざして開発されたものだ。しかし、すぐには効かないし、使用方法にも明らかに問題があった。通常、近くにヒールがいるとわかると、パルシネはたちまちヒステリー状態におちいる。そんな状態で何週間も何ヵ月も、この動物が死ぬまで餌をやるつもりはないだろう。この薬剤は、そのままのかたちでは即座にヒールを殺すことはできないのだ。それはべつにしても、生産するのがとてもむずかしい。布教船内であまり大量に使われなかったのは、理由があってのことだった。なおまずいことに、ヒールは非常に適応能力が高い。薬に抵抗力があったり、じきに抵抗力をつけたりする個体がいることも計算に入れなければならなかった。

ところが、宇宙嵐のあいだに船を襲った放射には、ヒールを即座に殺す作用があったのだ。そのさいに特殊な結晶も破壊されたわけだが、それはクス・ホウと助手たちにとっては、まったく関係ない問題だった。

9

《布教1号》は何日もかけてよけいな荷物をかたづけたが、それでも以前とくらべるとはるかに弱くなった銀河間エンジンには、船の総質量の負担はあまりに大きかった。

「これではだめだ」ク・ウェルは重い気持ちで乗員に説明した。「さらに私物や嗜好品の一部も犠牲にしなければならない。これからはパルシネ一名に鉢形シートひとつで充分だ。必要最小限のもの以外はすべて外に出せ」

「そのあとは?」高齢のル・ガルが驚いてたずねた。「空っぽになった船でわれわれはどこに向かうのか?」

「べつの銀河だ。今回はより慎重に、通常の状態かどうか早めに確認する。〝告知者〟があれば知性体種族と接触できるだろう。かれらの協力で結晶を手に入れ、それを銀河間エンジンに使う」

ル・ガルは、これまでの生涯で数多くの記念品を収集してきた。その宝物とはなれたくない。触腕八本で勢いよく立ちあがり、喧嘩腰でまわりを見まわした。

「きみたちがどう思っているか知らないが」船内議会ドームに集まっている全員に向かっていった。「わたしは私物を手ばなしたくない。ほかに解決法があるだろう」

「ほかに解決法はない！」ク・ウェルは反論した。

「いや、ある」ル・ガルは淡々と主張した。「ク・ウェル、このミッションがきみにとってどのような意味を持つか、みな知っている。さしせまった理由がないかぎり、だれもこの遠征を中断するつもりはなかった。しかし、われわれ、いまはそのさしせまった理由があると思っている」

「われわれ？」ク・ウェルは驚いてたずねた。「だれのことをいっているんだ？」

「そうくると思った」ル・ガルはおちついている。「多くの乗員がこの問題をよく考えて、大多数がウクス＝フェルドⅡにもどるべきだという結論に達したのだ。それにはいくつか理由がある。第一に、《布教1号》は難破船だ。一時しのぎで修理することはできても、さらに未知なるものへ突き進むのには耐えられない。フェルデルクセンにもどることができたら、もうけものだろう。第二に、われわれは種族にこの銀河のことを警告しなければならない。ほかの布教船は失敗したが、われわれは成功したとなると、またためしてみる者が出るだろう。いつかべつのパルシネの船がここにくることは、どうしても避けなければならない。

第三に、われわれは種族に伝えなければならない多くの経験をした。たとえば、この種類の船は結晶の予備をたくさん持っていくべきだとか……それも小分けにし、たがいに遠くはなれた場所に保管して特別な防御を施《ほどこ》すべきだ。第四に、数時間前にはじめて知ったのだが、やっとヒール退治に非常に効果的な手段が使えるようになった。フェルデルクセンへの帰還の道が永遠に閉ざされたままになるかもしれない危険を冒して、われわれがほかの未知銀河に飛んだならば、この知識をけっしてほかの者たちに伝えることができない！」

ク・ウェルはこれになんらかの反論をするパルシネを探して振り向いたが、むだだった。ル・ガルの意見をこれまで知らなかったのは自分だけだったことに気づいた。

「それらの理由はよくわかった」できるだけ自信がありそうにふるまった。「それが多数の望みならば、わたしはすぐにでも帰路につくつもりだ。しかし、船の質量を減らさずにはフェルデルクセンに帰れないだろう！」

「たしかに、そうしなくては」ル・ガルは答えた。「しかし、それぞれの乗員にとってかけがえのないものを破棄するのでなく、航行中およびウクス＝フェルドⅡにもどってからは不要となるものを置いていこう。それは〝告知者〟だ」

「だめだ！」ク・ウェルは驚いて声をあげた。「〝告知者〟はこの船の魂で……」

「機械だろう！」ル・ガルはク・ウェルの発言に口をはさんだ。「そして、このミッションの一部だ。たしかに布教船と非常に緊密に結びついていて、船内のすべての情報を持つが、われわれにもこの船にも依存していない。ひるがえってまた、われわれとこの船も〝告知者〟なしでもうまくやっていける」

「〝告知者〟は、この星系の恒星に投げ込むよけいな荷物ではない！」

「この価値ある装置を破壊するつもりはない」ル・ガルはなだめるようにいった。「われわれ、いま布教船がめぐっている惑星に〝告知者〟を置いていこう。比較的いい環境の惑星だ。〝告知者〟を脅かすものはなにもないだろう。その惑星から〝告知者〟は、この星系の宇宙航行種族にウクスフェルドの教えをひろめればいい」

ク・ウェルはこの計画に強く抗議したかったが、あまりにも多くのパルシネがル・ガルに賛成しているので、賢明にも口を閉じた。周囲を敵にまわしてもしかたない。巣兄弟のクス・ファンとまさに同じ間違いをくりかえして、のけ者になるつもりはなかった。

「すべてをもう一度しっかり見なおしてみよう」そういいながら、ク・ウェルはすでに逃げ腰だった。「もしかしたら、だれも考えなかったべつの解決法が見つかるかもしれない」

「ほかに解決法はない」ル・ガルは自信を持っていった。

＊

「きみにここにきてもらうよりも、むしろわたしがきみのところに行ったほうがよかったのだが」ク・ウェルはいった。クス・ファンがやっとあらわれたときだ。「しかし、ここをどうしてもはなれられないことがあって」

クス・ファンはこの儀礼的な嘘を平然と受け入れた。ク・ウェルはただ、巣兄弟のキャビンで思いがけずヒールに出くわすのが不安なだけだろう。それは避けられない。災難ナンバー3が負傷から回復してからというもの、さらに多くのヒールが静けさと食糧と、緊急の場合は治療をもとめてクス・ファンのもとにやってきたからだ。

「なんの用だ?」クス・ファンはたずねた。

「おお、すでに知っていると思った。きみはル・ガルの提案をきっと聞いているだろう。いま《布教1号》が周回している惑星に〝告知者〟をのこしていくという計画だ。それをわたしが了解しないこともわかってくれるな。残念ながら、ル・ガルは大半のパルシネを味方につけたようだ。みな帰還をもとめている」

「それはそうだろう。これまでこのミッションで経験したことを考えれば」

「もしかしたら、きみならその計画をやめさせることができるかもしれない!」

「どうやってやればいいのか、わからない」クス・ファンは啞然としていった。

「物質の泉をわれわれのミッションの新しい目的地にすることをわたしは禁じたが、それを撤回してもいい。もっと譲歩してもいいぞ……」

「きみはそれをとっくに撤回したはずだと思ったが。忘れたのかね?」クス・ファンはていねいにたずねた。

「おぼえている。しかし、きみはその気があるように見えなかった。わたしの言葉を、きみは……外見上では……たんにあの状況の重圧下でいったことだと受けとったように思えた」

「それなら、きみは思い違いをしている。わたしは数名のパルシネとそのことについて話をした」

「で、その反応は?」ク・ウェルは緊張してたずねた。

「みな、アイデア自体はおもしろいといった。完全に機能する船でなら冒険に乗りだす用意があっただろう。しかし、傷だらけの布教船でそのようなことに挑戦するのはおろかで、パルシネらしくないと思っている」

「きみは話す相手を間違ったんだろう!」

「そうは思わない。わたし自身、その意見にむしろ賛成だ」

「なんだって?」ク・ウェルは愕然としてたずねた。「クス・ファン、もしわれわれが〝告知者〟を正しく使ったら、もよりの銀河でわれわれの助けになる数多くの種族をたちどころに見つけられるだろう。結晶がめったに見つからないことはわたしも認めるが、見つからないわけではない。銀河間エンジンを直すのに充分な量が手に入ったら……」

「それはわたしもいった」クス・ファンは意気消沈して、「しかし、だめだった」

「待ってくれ、まだ話し終わっていない！　私物を捨てるのはだれでもつらい。それはわかる。わたしもそうだ。しかし、その私物を連絡船の数隻に積みこみ、それらをたがいに連結して、この銀河外の安全な待機場所に向かうようにプログラミングすればいい。ふたたび完全に操縦可能な状態になったら、すぐに荷物をとりに行ける！」

クス・ファンは巣兄弟を見つめて考えこんだ。ク・ウェルは船内のほかの乗員より有能なのだろうか。あるいは、布教船の船長としてほかのことで忙しいので、根本的な問題にまったく気づかないのか？

「問題はわれわれの私物のことではないんだ」クス・ファンはおだやかにいった。「〝告知者〟やミッションのことでもない。ク・ウェル、われわれ、自分たちが育ったところではない宙域にあえて進出した。まわりを見まわすといい。われわれがここで目のあたりにしたことを、きみはどうやってウクスフェルドの教えと調和させるつもりか？　もしかしたら、きみには可能かもしれないが、わたしをふくめてほかの者はそれができない。ここではちいさきもののなかにひそむ意義の教えはひろまらない。この銀河内で起こっていることすべては、非常に大規模でぞっとするものだ。われわれは不安になり、ウクスフェルドの教えが本当にこれまで信じていたように完璧なものかどうか、疑問を持たずにいられなくなる」

「そんな疑問を持つ者がいるなど、聞いたことがない！」

「もちろんそうだろう」クス・ファンは自分のなかにまったくパルシネ的でない敵意が目ざめるのを感じた。こんなことを考えるのは自分でもとても不愉快だったし、それを口にせざるをえないという事実はさらに不快感をひろげた。「ウクスフェルドの教えはとりもなおさず、われわれの生きる意義であり、生活の中身なのだ。ウクスフェルドへの信仰を失うことは、狂気と死を意味する。われわれはほかのすべての被造物同様に、みずからを滅ぼすことを恐れる。それはごくあたりまえだ。だから、みずからを守るため、思考のなかから真実を排除している。なぜ自分たちがウクスフェランを恋しがるのか、なぜ友やドームを懐かしく思い、あたりまえの日常にもどりたいと願うのか、それさえ考えようとしない」

「それなら、なぜきみはそんなことを話せるんだ?」ク・ウェルはぼんやりとたずねた。巣兄弟のいうことが正しいと感じたからだ。そして、その答えに驚いた。

「わたしはのけ者だから」クス・ファンは悲しそうに答えた。「孤独が好きな変わり者で、ヒールとも関わり、ときにまったくパルシネ的でない思考過程にしたがっている」

クス・ファンは曲がって使いものになりそうもない十三本めの触腕をあげて、それをじっと見つめ、小声でいった。

「きみに話したアイデアを考えだしたのは自分だと吹聴《ふいちょう》するつもりはないよ。やりたいならやってみればいい。精いっぱい応援する。しかし、ここ、この銀河にいてはだめだ。

ひどく損傷した《布教1号》にいてもだめだ。〝告知者〟はあの惑星に置いていこう。そして、なんとかしてウクス＝フェルドⅡにふたたびもどることができたならば、そのあとでヒール撲滅にとりかかってくれ。われわれがこの虚無空間と向きあっているかぎり、あの動物は気分転換に必要だ」

＊

すべて間違っている、と、ク・ウェルは考えた。クス・ファンがそっと去っていったときだ。われわれが宇宙の大きさに驚愕しているとクス・ファンが思うなら、それは間違いだろう。この宇宙にあるすべては、ちいさきもののなかでその意義と目的を明らかにするのだから。われわれがいま困難におちいっているとしたら、それはもっぱらヒールの責任だ。われわれはその襲撃のせいで、適切なときに銀河の出来ごとに関わるのをじゃまされたのだ。

ヒールは最初から怒りの種をまきちらすばかりだった。だからヒールを殲滅《せんめつ》することが重要なのだ。もちろんこの動物をどうやったら始末できるか、フェルデルクセンに知らせることも重要だ。

ク・ウェルは自分の考えが変わっているのにまったく気づかなかった。自分の行動がクス・ファンの主張の正しさを証明していることがわかっていない。とはいえ、パルシネのミッションにもう興味を失ったわけではなかった。ただ、いきなり宇宙の果てまで進出する必要はないと思ったのだ。

計画性のない、あまりに性急な行動はパルシネ的ではない。それに、同胞のためにならない行動は避けるべきだ。フェルデルクセンにおけるパルシネの共同体は、布教船のなかのそれよりも大きい。自分たちは帰らなければならない！

急に衝動を感じた。外に飛びでて、〝告知者〟のところに急ぐ。

ほぼ自分がつくったすばらしい装置を目のあたりにして、ク・ウェルはその場に立ちすくんだ。〝告知者〟は巨大な金色のクリスタルのようで、その切子面は数多くの照明の光を反射している。それはク・ウェルの目には、美しく威厳があるだけの機械ではなく、この船の魂であり自分の使命だった。自分は〝告知者〟を本当にここに、この不安をかきたてる銀河に、いまにもショック波やエネルギー嵐や重力前線に捕まるかもしれない惑星に、置き去りにするのか？

しかし、この惑星に当てはまることは、布教船にも当てはまる。〝告知者〟は非常に美しいとはいえ、パルシネがつくりだした補助手段にすぎない。思考し、決定することはできるが、唯一無二のものではない。プラズマ・パーツがあっても生命体ではないから、いつでも再生可能なのだ。

奥のほうでひそひそ話をしているパルシネが数名いた。

「こちらへ」ク・ウェルは命令した。「〝告知者〟の固定装置をはずさなければならない。惑星に降ろすのだ」

＊

宇宙嵐を生きのびた災難ナンバー3は、ヒール特有のすばやい回復力を見せた。しかし、これまで切りぬけてきた困難はいずれも、野生のヒールの本能を呼び起こすのだけに役だったようだ。

クス・ファンが自室キャビンにもどったときは、もうわずかなヒールしかいなかった。それもみな子育て真っ最中の雌だ。災難ナンバー3を呼んだが、こない。そのかわりに、キャビン内の連絡通路で甲高い鳴き声がする。声の出どころをたどっていくと、二匹のヒールが向きあって鋭い声を出している。それからたがいに襲いかかり、恐ろしい叫び声をあげながら争っていたが、一匹が急に向きを変えて逃げだした。もう一匹はちいさなジャンプをくりかえしてあとを追ったが、やがて振り向くと、クス・ファンのほうにやってきて、ちいさくさえずるような声を出した。それはあまりにもよく知っている声だった。

「いったいどうしたんだ、災難ナンバー3」驚いて、小声でたずねた。「あのヒールはけがをしていた。なぜ追いはらったんだ？」

災難ナンバー3は打ち負かしたヒールが逃げていった方向を見ると、軽蔑したようなうなり声を出した。それは、こういっているようだった。〝口をはさまないで。あなたには関係ないでしょう！〟

「すまないが」クス・ファンは悲しげにいった。「わたしはもうこれ以上おまえを守ることができないんだ」

災難ナンバー3はクス・ファンが悲しい気持ちになっているのを感じたらしい。すぐに戦闘的なものものしい態度を忘れて、触腕一本の下にもぐりこんできた。クス・ファンは災難ナンバー3を優しくなでた。剛毛の下になめらかでかたい筋肉を感じる。災難ナンバー3はいまや成獣のヒールだった。本能に目ざめ、強靭な肉体を持ち、足が速く、すばしこい。この強い動物が自分を完全に信頼していることに、クス・ファンは深い満足感をおぼえた。こんな気持ちを味わいつくすことができるのはこれが最後なのだと思うと、切なくなる。

「そろそろ時間だ」クス・ファンは小声でそういうと、ヒールを持ちあげた。「いまはしずかにしていろ。ク・ウェルがいつもいっているように〝告知者〟が善なるものであればいいが。わたしは〝告知者〟におまえの命をゆだねることを決心した。おまえがこの布教船内でほかのヒールたちといっしょに死ぬのは望まない。この未知の惑星で生きるのだ」

災難ナンバー3は安心しきってクス・ファンの触腕のなかで横になっていた。その体重を感じる。妊娠していればいいのに、と、かれは思った。ヒールに絶滅してほしくないからだ。しかし、災難ナンバー3がただ太っただけという可能性は排除できない。

いまはそれはどうでもいい。死を前にしたル・フスに約束したとおり、このヒールを助けるには、これが唯一の、そして最後のチャンスだった。

〝告知者〟の近くで待ち、だれにも見られていないと確認してから、装置につづいているエアロックのひとつに災難ナンバー3を運んでいく。〝告知者〟はこの時点ですでに未知惑星への移送の準備ができていた。クス・ファンが引き返そうとしたそのとき、エアロック・ハッチが閉まった。あやうく難船者になりそうだったが、なんとかその運命からは逃れられた。

〝告知者〟を置いてある巨大ホールの奥にもどる。輸送船がその装置を布教船から出して未知惑星に降ろすのを、深い満足と同時に悲しみでいっぱいになりながら見つめた。魂のない機械以上の存在である〝告知者〟に同情する。全宇宙にウクスフェルドの教えを伝えることができるのに、まったく名もない惑星からそれをするのはつらいだろう。災難ナンバー3にも同情した。あのヒールはクス・ファンの生活の一部だったからだ。そう思うと、なによりも自分自身に同情していることに気づいた。

「ここでなにをしているのだ？」

クス・ファンは驚いた。目の前にク・ウェルが立っていたからだ。

「なにも」混乱してつぶやき、うろたえた。「ただ、見たかったんだ」

ク・ウェルは輸送船から慎重に未知惑星の大気圏内に降ろされる〝告知者〟を見送った。〝告知者〟は弱いエンジンをそなえている。それで着陸地点の位置をわずかに調整するのだ。しかし、惑星をはなれることはできないだろう。輸送船が〝告知者〟を着陸地点まで導くが、だれも装置には近づかない。パルシネたちはあわてて撤退した。この危険な銀河を急いではなれたいからだ。パルシネたちがいなくなると、エアロックのひとつが自動的に開いた。災難ナンバー3がためらいがちに未知の世界に出ていく。そのうしろでエアロックが閉まった。

「これで〝告知者〟は難船者となった」ク・ウェルはしょんぼりとしていった。そのあいだに《布教1号》は不穏な銀河の辺縁部に向かっていた。

「〝告知者〟は一惑星に降ろされた機械にすぎない」クス・ファンは冷静だった。「本当の難船者は一匹のヒール……災難ナンバー3だ」

ク・ウェルはその名前をじっと聞いていた。とりわけ、クス・ファンの発音を。

パルシネの複雑な言語によると、災難ナンバー3というのは〝セタ＝ポフ・イス〟となる。しかし、クス・ファンはそれをもっとなめらかに、情愛をこめて〝セト＝アポフィス〟と発音したのだ。これだと〝すべての困難を乗りこえられる者〟という意味にとるしかない。

「それはすこし買いかぶりすぎではないか？」クス・ウェルは皮肉な調子でいった。

クス・ファンは黙っていた。銀河間エンジンが作動しはじめると、《布教1号》はエネルギー泡につつまれる。同時に、壊れやすい結晶を保護する特殊な防御バリアが構築された。クス・ホウの薬が効きはじめ、巨大船内のヒールは声も出さずにあっさりと死んだ。

「すくなくとも帰り道ではもう、あの野獣にあちこちで腹をたてる必要はなくなったな」クス・ウェルは満足げにいった。「きみが災難ナンバー3をひどい目にあわせたのでなければいいが、クス・ファン。ここでだったら、すばやく痛みもなく死ねたのに。未知の惑星ではみじめな死に方になるだろう」

しかし、クス・ファンはこのとき司令室をすでにはなれ、自室キャビンであわれなヒールたちのちいさな遺体を集めていた。再利用施設につながっていない特殊な廃棄シャフトに、それらを悲しげに入れる。たったひとつのなぐさめは、すくなくともセト＝アポフィスには生きのびる可能性があると信じることだった。

あとがきにかえて

増田久美子

岩壁を指と足の力だけで登っていく。手が滑る。足が滑る。必死で岩壁にしがみつく。つぎの手懸かりと足場を見つけて移動しないと落ちる。手懸かりは見つけたが、つかみそこなってそのまま落下……叫び声があたりに空しく響き渡る。すぐにまた同じ地点からスタート。手を伸ばす。今度は少し先に進んだが、また落下。五、六回挑戦して疲れはてた。

つぎはスキンダイビング。運がよければ鯨に出会えるという。すぐ側を魚の群れが泳いでいく。上を見ると遠く太陽の光が射している。鯨は海底近くにはいないだろうから、上をめざして泳いでいくのだが、いつのまにか海溝につかまってしまった。迷路のようでどちらに泳いでも灰色の壁にぶつかる。息が苦しくなってくる。必死であちこち泳ぎまわる。

生来の運動嫌いなので、どちらもたぶん一生体験することはないだろう感覚だった。映像を通して思いえがく追体験とはまた違う。空気や水の動き、臭いはないが、味わった感覚は想像というよりもむしろ体験に近い。たしかに〝バーチャル《V》リアリティ《R》〟、仮想現実だった。

東京赤坂の東京ドイツ文化センターに図書館がある。大きな窓の外の緑が美しく、静かでソファーの座り心地がいいので、しばしば訪れ雑誌などを読んで過ごす。あるときそこにバーチャルリアリティ体験コーナーができていた（現在はもうない）。「どなたでもどうぞ」と書いてあるが、装着する装置が仰々しいので敬遠していた。しかし、ニュースでバーチャルリアリティを高所恐怖症などの治療に使う研究が進んでいるという話を耳にする。高所恐怖症というほどではないと思うが、高いところに立ったときのざわざわ感は嫌いでなんとかしたいと思っていた。

シューティングゲームなどではなく、病気の治療に使えるというのなら一度体験してみたい。意を決して図書館スタッフの方に教えを請うた。ヘッドセットを装着するところから始まって、コントローラーの持ち方、立ち位置など、まさに手取り足取り教わる。ボタンを押すだけのゲームと違って、立体的にコントローラーを動かすこともなかなか慣れない。本当に辛抱強く教えて頂いたのだが、初日は操作の段階でギブアップ。

二回目以降で上記のところまで体験できた。グランドキャニオンにも行った。赤茶色の広大な景色が目の前に広がり、上を見るとコンドルが大きく弧を描いて飛んでいる。そして、足もとを見ると断崖絶壁。しかもぎりぎりの位置に立っている。そのままじっとしているのが精いっぱいで声も出ないほど恐ろしかった。この体験をくり返せば慣れて、恐怖を感じなくなるのだろうか。しかし、これをそのまま治療に使われたら、病気が治癒する前にバーチャルリアリティ恐怖症になりそうだが。

身動きできずに見下ろしていると、絶壁の手前に自分の二本の足と図書館の床が見えた。雲南省スー族でなくてよかったとつくづく思った。柴田勝家著「雲南省スー族におけるVR技術の使用例」（早川書房『伊藤計劃トリビュート2』に収録）のなかでは、雲南省に住む少数民族のスー族は産まれたときから死ぬまでVRのヘッドセットをつけて暮らすという設定だ。成長に伴うつけ替えの際も現実世界を見ることはない。最後にはヘッドセットは取りはずすのが困難なほど頭に癒着してしまうという。

わたしの場合はヘッドセットの隙間から現実世界が見えて、救われた。結局、わたしのVR体験は毎回乗り物酔いのような状態で終わり、再度挑戦しようという気にはいまのところならない。仮想現実との取り組みはローダン世界の翻訳だけで（頭のなかだけだが）じゅうぶんだ。

ローダン世界といえば、二〇一八年七月下旬より早川書房からHAYAKAWA FACTORYブランドの商品としてSF・Tシャツが発売された。そのなかに〈宇宙英雄ローダン〉シリーズもある。色は水色とグレーの二種類。デザインはPerry Rhodanのロゴだけのものとペリー・ローダンとグッキーのイラストが描かれているものの二種類ある。Tシャツを着てこのふたりといっしょにテラを歩けば、ヘッドセットなしでちょっとした仮想現実体験ができるにちがいない。ちょっと宣伝でした。

訳者略歴　国立音楽大学器楽学科卒，ドイツ文学翻訳家　訳書『アルマダ工兵の謀略』クナイフェル＆フォルツ，『マークス対テラ』マール（以上早川書房刊）他多数

HM=Hayakawa Mystery
SF=Science Fiction
JA=Japanese Author
NV=Novel
NF=Nonfiction
FT=Fantasy

宇宙英雄ローダン・シリーズ〈579〉

災難《さいなん》ナンバー３

〈SF2201〉

二〇一八年十月　二十日　印刷
二〇一八年十月二十五日　発行
（定価はカバーに表示してあります）

著者　H・G・フランシス　マリアンネ・シドウ
訳者　増《ます》田《だ》久《く》美《み》子《こ》
発行者　早川　浩
発行所　株式会社　早川書房
郵便番号　一〇一 - 〇〇四六
東京都千代田区神田多町二ノ二
電話　〇三 - 三二五二 - 三一一一（大代表）
振替　〇〇一六〇 - 三 - 四七七九九
http://www.hayakawa-online.co.jp

乱丁・落丁本は小社制作部宛お送り下さい。
送料小社負担にてお取りかえいたします。

印刷・信毎書籍印刷株式会社　製本・株式会社川島製本所
Printed and bound in Japan
ISBN978-4-15-012201-0 C0197

片づける　禅の作法

枡野俊明　41406-5

物を持たず、豊かに生きる。朝の５分掃除、窓を開け心を洗う、靴を揃える、寝室は引き算…など、禅のシンプルな片づけ方を紹介。身のまわりが美しく整えば、心も、人生も整っていくのです。

怒らない　禅の作法

枡野俊明　41445-4

イライラする、許せない…。その怒りを手放せば、あなたは変わり始めます。ベストセラー連発の禅僧が、幸せに生きるためのシンプルな習慣を教えます。今すぐ使えるケーススタディ収録！

人生はこよなく美しく

石井好子　41440-9

人生で出会った様々な人に訊く、料理のこと、お洒落のこと、生き方について。いくつになっても学び、それを自身に生かす。真に美しくあるためのエッセンス。

おなかがすく話

小林カツ代　41350-1

著者が若き日に綴った、レシピ研究、買物癖、外食とのつきあい方、移り変わる食材との対話——。食への好奇心がみずみずしくきらめく、抱腹絶倒のエッセイ四十九篇に、後日談とレシピをあらたに収録。

家と庭と犬とねこ

石井桃子　41591-8

季節のうつろい、子ども時代の思い出、牧場での暮らし……偉大な功績を支えた日々のささやかなできごとを活き活きと綴った初の生活随筆集を、再編集し待望の文庫化。新規三篇収録。解説＝小林聡美

自己流園芸ベランダ派

いとうせいこう　41303-7

「試しては枯らし、枯らしては試す」。都会の小さなベランダで営まれる植物の奇跡に一喜一憂、右往左往。生命のサイクルに感謝して今日も水をやる。名著『ボタニカル・ライフ』に続く植物エッセイ。

すごい片《かた》づけ
9つの極意《ごくい》

二〇一八年一〇月一〇日　初版印刷
二〇一八年一〇月二〇日　初版発行

著　者　はづき虹映《こうえい》

発行者　小野寺優
発行所　株式会社河出書房新社
〒一五一－〇〇五一
東京都渋谷区千駄ヶ谷二－三二－二
電話〇三－三四〇四－八六一一（編集）
〇三－三四〇四－一二〇一（営業）
http://www.kawade.co.jp/

ロゴ・表紙デザイン　粟津潔
本文フォーマット　佐々木暁
本文組版　株式会社キャップス
印刷・製本　中央精版印刷株式会社

Printed in Japan　ISBN978-4-309-41641-0

本書は、二〇一四年一〇月に小社より刊行された
『すごい片づけ』を一部加筆・修正したものです。